U0964778

FLORET
READING

小花阅读

我们只写有爱的故事

青春阅读　幸得相见

大鱼

有爱的青春陪伴者

糟糕！是心动的感觉

南风北至 著

贵州出版集团
贵州人民出版社

·作者简介·

南风北至

| 小　花　阅　读　签　约　作　者 |

内心喜欢刺激、冒险，偏偏是个死宅的别扭星人。

别的小姑娘都是要命型，我是玩命型（傲娇脸）。

所以我会玩命地写更多更好的的故事，把岁月里能够遇见的所有的美好都呈现在你们眼前。

代表作：《嫁给小爱情》《浓雾里的我和你》《嘿！今天也请全力以赴》
《因为是你才喜欢》

前言 /QIANYAN

冬天冷，是为了让我们懂得，周围人的温暖，是多么珍贵。

在长沙持续阴晴不定的天气中，拖了一个月都没有好的感冒，终于在艳阳高照的六月离我而去。

想起和野桐打赌，五月底没有完稿的要请对方吃顿好的，经过一段时间的疯狂赶稿，在最后几天终于向彼此认输。互相嘲讽之余又各自觉得羞愧难当……最后，双方灰溜溜地约定有时间一起去吃顿好的。

全文完结的晚上，又刷了一遍胡总几次开会都提起的《素媛》。在开会的时候，她问过我们《素媛》里最令人触动的是哪个画面。其实，在我的记忆里有好几个场景，但是最令我心痛的一幕莫过于素媛肿着脸在病床上颤声问：“是我做错了什么吗？”

或者是“当你把蝴蝶贴完就说话吧”那一段；或者是小朋友问素媛手术包是什么时，素媛把包里准备好的糖果分给大家的那一幕；或者是小胖子呛哭着，如果那天他和素媛一起上学就不会发生那些事情；或者是爸爸因为害怕吓到她又希望能够逗她开心，躲在卡通人偶里逗她开心，上下学路上也跟着她，直到素媛缓缓把卡通头套取下来问，你是爸爸吗……这些场景的确是更合适的答案，更治愈也更勾人鼻酸。

但我还是觉得最让我难忘的是医院里的冷漠，和心碎的父母在谈论施暴者可能八九年后就能出狱时的咬牙切齿；是悲痛欲绝的父亲在庭审结束后，在绝望中一点点红了眼眶无奈得想要亲自去了结无耻之徒时，素媛小小的身体紧紧抱着他的腿喊着：爸爸不要……

太多太多让人久久无法回神的画面在脑海中回荡，心里说不出的难受。

每次看《素媛》《熔炉》《妈妈别哭》《七号房的礼物》这类电影，整个人就像是经历一场地震之后，还留有余震的大地，控制不住地颤抖和鼻酸，内心像被人硬生生挖掉一块似的持续阵痛。

但是其实《素媛》这部电影，和同类电影最大的不同，应该是它的拷问色彩没有那么强烈，在讲述完泯灭人性的暴行之后，紧随其后的是对于无辜小女孩的救赎。

在绝望之中开出希望的花。

一开始我不明白为什么单单拿这一部电影出来讨论，现在我想，可能这就是答案。

想起修改《嫁给小爱情》情节时胡姐姐所说的话，慢慢地也发觉，比起直指人心的丑恶和绝望，其实真正能够触动人心的，往往是不绝于黑暗的信念和善良。

我希望自己能一直坚守初心，之后的作品给大家传递的就是这样一种思想。

说一些现实生活中令人觉得难过的事，昨天无意间刷到一则关于“白领将剩饭打包送给流浪汉”的新闻，底下有许多负面的评论，例如：作秀、侮辱流浪汉人格、给环卫工人增添负担……令人好气又好笑。善意被扭曲，部分人选择站在道德制高点上批判一切，冷漠地诡辩；或许真的是科技的发达、言论的自由令整个社会都非常浮躁。

义愤填膺地打出一大段驳斥的话，对话框上总是有一行红字提醒我：您还可以输入 ×× 字。看着底下一些人云亦云的评论，又默默地按了退出键。我们置身在喧嚷的嘈杂声中，被温暖与黑暗同时裹挟着行走，就像遭遇一股难以反抗的没顶洪流。

但是，我觉得那个小姐姐有句话说得很对：认为对就去做，何必管别人说什么？

坚持着一些看起来毫无意义的事情的你，在别人眼中甚至有些发傻。可是我始终坚信，在我力所不能及的角落，有人能够从中汲取温暖和力量。

套用《熔炉》里的一句台词：我们一路奋战，不是为了改变世界，而是为了不让世界改变我们。

冬天冷，是为了让我们懂得，周围人的温暖，是多么珍贵。

南风北至

目录 contents

目录 contents

楔子

xiezi

风顺着落地窗的缝隙吹进卧室，鼓起厚重的天鹅绒窗帘，不断翻飞的深蓝色布料，如潮汐时波谲云诡的海面。

闪电撕裂墨色的天幕，莹白的光从不断开合的窗户缝隙里洒进来，一路慢慢爬向漆黑的内室。

惊雷骤起，天空中传来沉闷的钝响。

大床上沉浸在睡眠里的沈岫栩蹙眉，眼皮微动，长长的睫毛在苍白嶙峋的脸上投下一小片阴影。

而他的梦里，阳光正盛。

沈岫栩赤脚踩在花样繁复的柔软地毯上，穿过长长的走廊，走廊尽头的房间里，一个女人坐在窗边，捧着一本硬壳书用温柔而轻缓的声调念道："在很久很久以前，一个遥远的国度有一个非常残暴的君王，他搜刮了许多钱财，想要用金砖修建一座城堡，百姓们因为国王的这个命令苦不堪言。在城堡即将修葺好，最后一块金砖扣上墙面时，百姓们诅咒国王和他的后代永远只有金子陪伴，感受不到温暖……几年后，这座金碧辉煌的宫殿迎来了它的小王子……"

一个七八岁的男孩从身后匆匆跑上来，背对着沈岫栩伏在女人的膝头，仰着头问："后来呢？"

女人轻轻笑着摸上小男孩亚麻色的卷发，正要回答，微抬着头看见沈岫栩站在门边，脸上绽放开笑容。金色的阳光将她的轮廓镀上一层金边，说不出的舒适惬意。

沈岫栩看她笑着冲自己招了招手，嘴唇开阖说了句什么……

"咔嗒——"

卧室的房门打开，朵拉右手扶着门把手，第一眼就看见沈岫栩佝偻着脊背缩在床上。

浅淡的光线从窗边延伸到屋里，途经摔落在地毯上的牛皮本子，照亮其中一行字迹：

As all fairy tales do， this story begins with the simplest of words：once upon a time……（正如所有童话故事一样，这个故事也是以"很久很久以前……"这样极为简单的话语开篇。）

沈岫栩苍白的脸颊一半埋在蓬松的枕头里，左眼眼尾处有一点反光的水迹。

朵拉缓步走进卧室，靠近落地窗轻声落锁，将窗帘拉得严丝合缝，室内顿时隔绝所有光线。朵拉捡起掉落在地毯上的硬壳书，搁置在床头柜上。

正要出去时，大床上传来一声低沉的呢喃，朵拉下意识停住脚步，转头看到他眼瞳深处闪烁出一丝暗光，就像漆黑夜幕上闪烁的星子。

低沉的梦呓从床上传来。

“妈妈……”

沙哑的尾音渐次消失在无边的黑暗中。

第一章
Chapter one

混入人群中的机器人小姐。

夏秋交替，正午时分，阳光正盛，天气炎热。

林言蹊弓着背站在盥洗池前，细瘦的手指来回搓着白瓷盘上凝固的咖啡渍，双眼警惕，如临大敌一般，每每让同事看到都会笑话她，说：“阿蹊，不就是洗个盘子，这么虔诚，小姑娘做事就是认真仔细……”

言蹊面上尴尬地笑了笑，心里却暗暗叫苦。实际上，她在这家咖啡厅转正上班的第一天，就不小心打破了一个镶金边蔷薇的盘子。她永远记得当时店长一手叉腰，一手指着她破口大骂的样子：“你知道店里的杯盘都是进口骨瓷的吗？你知道这一套多少钱吗？我看你也是个正规大学毕业生，体谅你刚出社会不懂事，但是你怎么跟头猪一样笨手笨脚？就这么没见过世面吗？毛手毛脚的，还没有清扫卫生间的张妈伶俐，店里有再多的盘子也不够你摔……”

言蹊连声道歉，店长并不买账，唾沫星子直接朝她脸上喷，她不敢抬手去擦，僵硬地站在原地。看着店长气急败坏的模样，言蹊脑海里不受控制地想起上学时课本上，鲁迅在《故乡》里描写泼辣、刻薄、势利的“豆腐西施”杨二嫂的一句话——“两手搭在髀间，没有系裙，张着两脚，正像一个画图仪器里细脚伶仃的圆规”。

想到这儿，言蹊视线不受控制地往店长身上瞟，店长很瘦，西装裤穿在他身上空荡荡的，两只脚像是两根竹竿，尖头皮鞋刻意擦得锃亮，活似圆规的两只脚……

实在是太形象了啊！言蹊有些绷不住，差点笑出声来，赶紧掐断脑海里的联想，低下头认错，看起来规矩乖巧。

而她为了那个号称“一品骨瓷”的咖啡盘，付出了半个月工资的代价。

事后，言蹊的好友展信佳知道事情原委后，又将她好一顿骂。隔天穿得花枝招展的展信佳，大张旗鼓地来到店里，装模作样不小心摔了个盘子，和颜悦色地就要赔钱：“听说你们店里的盘子都是骨瓷？”

店长笑得谄媚：“我们咖啡厅的宗旨就是高品质服务，当然要给客人最好的体验……”

展信佳从钱包里抽出一张卡拍在收银台上，那阵仗吓了言蹊一跳。展信佳毫不在意地撩了撩微卷的长发，手指轻轻压住银行卡往店长面前送：“这个盘子多少钱，我赔……”

店长脸上挂着合适的笑容，伸出双手就要接。

“不过……”展信佳漫不经心地开腔，站得就像一棵笔挺的柠檬桉，双手环在胸前，右手拇指抠着另一只手指指甲盖上的水钻，睥睨他，“咱们丑话说在前头，这个盘子我要带走，我也会找人检验骨粉含量……”

“这……”店长的笑容凝滞在脸上，拿着银行卡的手顿了一下，停在半空中。

“如果你敢蒙我，我不说砸了你的店，起码我也会找几个专门披露黑心商家的记者朋友过来。”展信佳斜睇他，翘起来的鲜艳嘴角满满的都是不怀好意，“他们还是很愿意替我讨个说法的。”

店长额头上开始冒汗，手里的银行卡似乎也变成了烫手山芋，他谄笑着试图解释：“小姐，这其中恐怕有误会……”

“误会？”展信佳满脸惊讶，阴阳怪气地呛声，“恐怕不是误会，毕竟我是慕名而来的！”

店长顺着她看似不经意的视线望过去——言蹊正拎着托盘目瞪口呆地站在不远处，他脑筋一转立马会意。

打蛇随棍上。知道了展信佳找碴的原因，店长立马换了一副嘴脸，讨好地指天指地地保证一切都是误会，并承诺赔偿言蹊半个月工资作为安抚。

不得不说，在看到平日里趾高气扬的店长吃瘪时，言蹊心里有一瞬间的爽快。店里所有的员工几乎都被他以各种鸡毛蒜皮的理由找碴罚款，在营业高峰期，当着所有客人的面，被他训得跟个孙子一样也是有的。

言蹊在心里告诉自己：像店长这样仗势欺人的人，没有什么好同情的。但是当她看到大高个的店长在一米六几的展信佳面前点头哈腰，她心里莫名有些悲哀。

以前看《华盖集》时，对一句话印象很深刻：勇者愤怒，抽刃向更强者；怯者愤怒，却抽刃向更弱者。

那时候，她还是安稳坐在学校里的学生，翻着单薄的书页，在纸墨香气里感慨人性中恃强凌弱的丑态。现在她却迷惑极了，这种事情在这个世界上似乎是常态，命运不能给予每个人公平的待遇。

再回过头去想想，学生时代的她活像是温室中的花朵，隔着玻璃感慨外边的狂风骤雨。

后来，秉承着顾客是上帝的原则，赔偿的事情不了了之。当月的工资发下来，言蹊也只是被扣了两百块钱。展信佳问起的时候，言蹊连忙哄她：“姑奶奶，你的战斗力这么强悍，怎么还有人敢扣我的钱……”

对于这样的结果，展信佳表示很满意：“呸，我告诉你，就是你好说话才有人欺负你！之前那个经理害得你都做不下去你也闷不吭声就受着气，还不告诉我……”

展信佳有些恨铁不成钢地数落，有眼色地注意到林言蹊闻言僵硬一秒，抬手摸摸鼻子，并不接茬。明白她不想提起那件事，于是展信佳又自然地岔开话题：“那个咖啡厅的店长摆明了是个乡巴佬，屁都不懂，还骨瓷。明眼人坐那儿一看就知道那是什么货色，真是水仙不开花，你装什么大瓣蒜……”

她话说得很糙，表情生动、义愤填膺的模样逗笑了言蹊，换来展信佳嫌弃的一瞥。

“我知道你是想帮我出气，但我……不想像他那样，践踏别人的尊严……路遥先生说过：‘你永远要宽恕众生，不论他有多坏，甚至他伤害过你，你一定要放下，才能得到真正的快乐。’”言蹊抬眼看看她，看她不赞同地蹙眉，连忙接下去，“我没有那么高的境界说宽恕，也不想做圣母，但是也不愿意做他那种恃强凌弱的人。”

她以为展信佳会笑话她，但是没有。

展信佳难得温和地摸了摸她的脑袋：“知道你心软，我就是怕以后他继续欺负你，给他个教训，让他看看，我家蹊蹊是有人罩的！”

两人是大学同学，同一个宿舍的上下铺，除了开学第一天，见识了一票人跟着在宿舍帮展信佳整理铺位，后来她就很少出现在宿舍。

在大部分学生交通工具还局限在自行车和公交车时，展信佳开着一辆大红色的跑车在校园里招摇，有传言她被有钱的老板包养，老板在景泰居别墅区给她买了一幢豪宅……一时间流言纷飞，她却压根不在意，依旧一副盛气凌人的样子，就像明摆着在说，本小姐压根没有把你们放在眼里。

后来，机缘巧合之下和展信佳成为闺蜜，言蹊才知道，展信佳是家底殷实的富家女，那幢所谓的豪宅，是她的成人礼。

流言果然是不可信，言蹊心有戚戚。

清脆的门铃声，打断了言蹊的胡思乱想。

现在不是用餐高峰期，店里就她一个人。她在墨绿色的围裙上蹭了蹭手，招呼好客人坐下后，注意到店外遮阳伞下的客人已经走了，便抄起料理台边的抹布去收拾桌面。

墨绿色的遮阳伞在炽烈的阳光下隔离出一小片阴影，店里此刻正放着理查德·克莱德曼的钢琴曲《梦里的故事》，舒适柔缓，言蹊的脑袋小幅地跟着旋律点，手里托着杯碟，歪着脑袋看大幅的玻璃墙映出丰盛阳光下的街景，莫名察觉出一阵惬意。

她的眼角瞥见不远的街角横冲出一辆电动摩托车，歪歪斜斜地向前冲，就像是喝醉了酒。言蹊的视线跟着摩托车的行驶轨迹移动，皱着眉想，多危险啊，如果撞到人……

还没等她“如果”完，就看到那辆摩托车离一个人影越来越近……

言蹊下意识地转过身，正好看见摩托车主扶起车扬长而去的一幕，地面上隐约趴着一个人。

言蹊将手上的杯碟往藤桌上一搁，快速地往那边跑去。

言蹊跑得有些急，气喘吁吁地停在被撞倒的人身边。是个女孩，趴在地上看不清样貌。

“呃……那个……你没事吧？”言蹊犹豫一瞬，想去扶起她的右手不知所措地停在半空。

这时候离得近了，言蹊打量她一番，才发觉有些……古怪。

怎么说古怪呢？

她穿着一身黑色的连衣裙跌倒在地上，从林言蹊的方向只能看见她弓着背脊，低垂着头，一动不动。

女生慢慢撑起上半身，没有搭腔。

言蹊这时候才留意到，她烟灰色的长发编成两股辫子垂在胸前，上面绑着一条黑白相间的缎带发饰，黑色颈带中央坠着一颗硕大的椭圆形黑色宝石，半袖袖口是夸张的荷叶边，裙摆更是不知道缀了多少层，层层叠叠铺在地面上，脚上是一双黑色的绑带鞋，缠了半截小腿，手里还抓着一张……传单？

言蹊一边深吸一口气，一边蹲下来，有些焦急地问道：“那个，你是不是有哪里撞伤了？要不要我帮你……”

女孩突然抬起头，林言蹊这时才看清她的脸，心里忽然浮现出一股怪异感。女孩素白的脸上没有一丝表情，她眨了眨眼，直直盯着言蹊看，就像是被吓傻了一样。言蹊愣在原地，注意到女孩眼帘掀动间，黑曜石一般的眼瞳，就像深沉夜色下，深不见底的黑色海面。

言蹊还没有搞清楚那股怪异感从何而来，脑海中突兀地撞进一个词语——眉眼如画。

怎么说呢？女孩二十五岁左右，那双黝黑的眼睛就像没有焦距，五官精致得过分。

就像……就像小时候玩的人偶娃娃，想到这里，林言蹊终于察觉到那股怪异感从何而来。

她，漂亮得有些不真实，就像一个没有生机的玩具娃娃。

地下工作室白炽灯大亮，亮银色的工作台折射着冷冰冰的光芒，上面横七竖八地摆满了金属零件，沈岫栩坐在桌角，白衬衫挽在小臂上，沾着一点褐色的油渍。他正在组装一只初具雏形的机械手臂，时不时转身在键盘上捣鼓几下做记录，眼睛专注地盯着电脑屏幕。

最后一组数据记录完毕，他一边查验，一边习惯性地拿起电脑边的咖啡杯，放到嘴边才发现杯底已经空了。

“PAN。”嗓音清冷，沈岫栩分神朝外喊了一声。

半晌没有回应，好看的眉毛皱起，他终于将眼睛从电脑屏幕上挪开。这时候他才想起，做饭的阿姨这两天请假回家，PAN上午就出门买东西了。他瞟一眼墙上的挂钟，已过了午饭时间，PAN怎么还没有回来？

沈岫栩板着脸在电脑上打开一个视频画面，陌生的声音从视频里传来：“……有人打电话叫救护车。”

沈岫栩皱眉，将视频录像往前拉了一段，视频是以第一视角拍录。沈岫栩很少出门，别墅大门就像是隔绝世界的分界线。

他家的别墅在郊区，从别墅出去的很长一段路鲜有人烟，场景几番变换，紧接着就是那场意外。一段时间的黑屏之后，林言蹊的身影赫然出现在视频画面内。

搞清楚事情经过的沈岫栩表情凝固在脸上，不由得咒骂出声："该死……"

沈岫栩步履匆忙地离开工作室，衣服都没有来得及换，在玄关处随意换了一双鞋，就向车库走去。在车上接驳好 PAN 的内置 GPS，向着事发地点驱车而去。

PAN 是由沈岫栩的父亲沈秉衡制造的机器人，沈秉衡是全球最具天赋的机器人专家之一。

沈秉衡年轻时在哥伦比亚大学求学，攻读物理，其间揽获各种机器人研究奖项，仅用了两年就拿到了机械工程硕士学位。人工智能实验室的教授常常说："他对机械研究有一种与生俱来的天赋，是一种上天的馈赠。"

完成学业后，沈秉衡带着新婚的美籍华人妻子回了国，与她的哥哥何侨霖创立了国内第一家机器人公司。

在儿子沈岫栩九岁那一年，沈秉衡研发出一款优于现有科技水平的智能机器人，这款机器人拟人化程度极高，它可以根据一个人的生活轨迹，比如在社交网络发布的动态、语音、视频录像……去模拟这个人，将他的思维、社交模式、语言方式等人性化"特征"具象化。测试效果令所有参与研究的工作人员惊叹。

沈父将自己幼子的面容赋予了它，将它命名为 PAN。

也就是这个机器人，给沈家招来一场无妄之灾……

而沈父度过了简短的三十一年人生，随着他生命的消亡，渐渐演变成许多人口中遥不可及的传奇。就像战争时期英勇殉身的战士，化成纪念碑上一个冰冷的名字，一个符号。

沈岫栩充分继承了沈父在机器人研究上的天分，根据沈父留下的研究笔记渐渐追上了父亲的步伐。他大部分时间都泡在实验室里研究智能机器人，如果人可以不吃不喝地活在这个世界上，他甚至可以在实验室待到地老天荒。

那是一种奇怪的执念，沈父血脉中的机械天赋，完美地在沈岫栩身上得到延续。

而研究外的一切事宜，沈岫栩全都交给机器人 PAN 去打理，PAN 的学习能力很强，唯独厨艺学不会。

每天来做饭的阿姨前一天告了假，机器人可以依靠能源存在，但是沈岫栩不能不吃不喝。无奈之下 PAN 出门了，以沈岫栩为它创造的成年女性的形态，名字叫朵拉。

但是！怎么能够指望一个机器人像人一样应对意外？

想到视频里那些陌生人说，要不要帮你叫救护车？沈岫栩觉得头都大了。

废话！机器人需要看医生吗？机器人看完医生之后，就该被带去研究所了吧？

“啧……”沈岫栩厌恶除了实验室以外的任何事情，那会让他变得焦虑。他接通朵拉的系统，将视讯连在车载播放器上。

“……救护车已经来了……”车里突然响起陌生女孩的声音，沈岫栩的眼皮蓦地跳了一下，一边加速一边下达指令：“赶紧离开。”

朵拉立即处理沈岫栩的命令。

林言蹊话还没说完，就看到眼前原本一言不发的女子突然开口打断她：“我没事……”话音还没落，她已经站起身来，大概是刚才的撞击破坏了脚部的某个零件，朵拉踉跄了半步，马上又稳住。

周围已经围了好几个路人，小声交流着，形成一个小型的包围圈。朵拉小心避开围观的人，一脚深一脚浅地向人群外走去。

“嘿！你别乱动！”林言蹊连忙跟上，说着就要去扶她的手臂。在林言蹊的手将要接触到她的身体时，她利落避开。林言蹊没有反应过来已经和她错开，惯性使林言蹊差点撞上边上的人。

林言蹊愣了一瞬，第一反应是道歉，然后下意识抬头看了一眼朵拉，她走路的姿势有些别扭，显得格外僵硬，明显是受伤了。可是……一个受伤了的人怎么可能这么灵活？她不疼吗？

言蹊疑惑一瞬，但也没有深思，迅速跑上前，这次没有去碰触她，仍然坚持跟在她身侧：“去医院看看吧，别留下什么后遗症。”

“没事……”朵拉显得有些呆呆的。

人群里一个老太太抱着小孩，一边拍着不停乱动的小孩的后背，一边劝道：“姑娘，你就听她的去医院看看吧，再急的事情也比不上身体要紧啊！”

“是啊，去看看啊，救护车都已经过来了……”

“不怕一万就怕万一……”

越来越多的人跟着附和，甚至有人伸手阻拦朵拉的去路。

……

看热闹的人越来越多，街边店里的人也纷纷朝外张望。诙谐的是，沈岫栩赶到的时候，原本劝说的人们，不知为何纷纷倒戈。

“去个医院怎么了？你又不是见不得人！”

“就是啊，如果没做坏事，就坦荡一点啊，摆明是心虚……”

“看她穿得奇奇怪怪的，一看就不像好人！”

一开始只是个别人提出质疑，慢慢地在人群中传递，越来越多的质疑汇聚在一块，围观者越加觉得自己揣测到了“真相”。

言蹊被这样的反转惊得瞠目结舌，扭头看向朵拉，眼瞅着这姑娘就干站在人群里，无视所有的试探和指责，不妥协也不反驳。言蹊有些着急，脸涨得通红，挡在她的身前，紧张地挥着细长的手臂解释：“不是的！她是被撞的，我亲眼看到……”

怎么会变成这样？林言蹊想不通，她喊得嗓子发痒，但是压根没有人相信她，她急得差点跳脚。

沈岫栩阴沉着脸靠近，从某个空隙里伸进手臂，迅速揽住朵拉的肩膀，想将她带离包围圈。言蹊瞥见有人靠近，挥舞着的手腕差点打到沈岫栩的下巴，他眼疾手快地捉住那只“不安分”的手臂。

仔细一看，是视频里的那个女孩。沈岫栩有些气恼，脸色一沉，瞳孔收缩，半眯起眼睛望向言蹊，接着又微抬起消瘦的下巴巡视一圈周围的人，冷冰冰的视线里满是讥讽。

言蹊在看到他长相的一瞬间就愣了一下，任由这个突然出现的陌生人桎梏她的手臂。被他不善的目光一瞪，她又回过神来。

沈岫栩没抓多久就收回视线，甩开她的手，末了嫌弃似的擦擦手掌。

“哎，你谁啊？”不知是谁喊了一句，原本因为他的出现暂时沉默的人群又沸腾起来。

沈岫栩没有回答，言蹊看向被拉着向外走的朵拉，猜测两人应该是相识的，张了张嘴，最后还是没说什么，看到他们越来越快的脚步，赶紧跟上。沈岫栩注意到，皱眉停下，斜着眼看她，满脸都是不耐烦。

言蹊也有些气了，两个人看起来明明是熟人，怎么女孩受伤了，这个男人却还这么粗鲁！于是她语气也有些不善：“你这人怎么这样，她的腿好像受伤……”

“林言蹊！”店长的怒吼声远远传来，打断她的话。

这一吼就像兜头泼下了一盆水，将林言蹊的气焰霎时浇灭。她浑身一震，随即想起来现在还在上班时间！这算翘班吧？言蹊想到此，心里咯噔一下，一扭头，果然看到店长黑着脸气势汹汹地冲这边走过来。

“完了！”言蹊手一颤，脑海里只剩下“死定了”三个字。

沈岫栩扯了下嘴角，上下瞟了眼林言蹊，她身上系着墨绿色围裙，围裙下摆绣着不远处咖啡厅的店名，咖啡厅里冲出来的那个男人嘴里骂骂咧咧着“林言蹊，你真是能耐！花钱请你来是让你看热闹的吗？”……

眼瞅着店长马上就要过来，言蹊顾不了那么多了，匆忙朝沈岫栩嘱咐：“她刚刚被车撞了，最好带她去……”

沈岫栩收回视线，丢下一句“管好你自己吧”，就朝着停车的位置走去。

言蹊张着嘴呆愣在原地，视线中只有他越走越快的背影。

沈岫栩开车前，瞥了一眼后视镜，女孩双手合掌举在胸前，应该是在求情。但是她面前那个男人脸色决然，叉着腰破口大骂，显然是不打算轻易放过她。

但是这不关他的事。沈岫栩冷漠地挪开视线，发动车子离开了这条人声鼎沸的商业街。

第二章
Chapter two

同情心这东西，
不是人人都能具备的！

展信佳打电话过来的时机很巧，林言蹊刚被店长在人来人往的街头训斥完，然后让她收拾东西滚蛋。

“林言蹊，我告诉你，电影票我已经买好了。你那个小破工作如果今晚还要加班，我就把你和你那个傻瓜店长一起丢进咖啡机里磨成粉，撒在你们咖啡厅门口的花圃里……”

“佳，我失业了……”言蹊皱着一张脸，可怜兮兮地朝电话里说，企图唤起展信佳那一点微薄的同情心。

电话那头有几秒钟的沉寂，林言蹊还想说点什么，就听到展信佳无比兴奋地欢呼：“太好了！为了庆祝你脱离苦海，今天晚上请你吃大餐！”

林言蹊心里默默地想着……同情心这东西，不是人人都能具备的！

没过多久，展信佳开着她骚气的红色跑车，载着她的男朋友何遇，在商业街的某一家甜品店橱窗前找到了被一群小朋友包围着的林言蹊。

何遇趴在车窗上朝林言蹊打招呼：“哟，少女，你那颗童心又泛滥了啊。”言蹊很招小朋友喜欢，每次何遇都会嘲讽她，说，“因为你们幼稚到一块了，气氛当然欢乐。”

三个人找了家甜品店坐下，还没等言蹊坐稳，展信佳就开口了。

“说说吧，怎么回事？”果然，秋后算账只会迟到，从不缺席！展大魔王是不会轻易被蒙蔽的。

言蹊花了几分钟仔细交代了事情的起因、经过、结果，她发誓小学时写的流水账日记都没有如此详细过。

在说到见义勇为……最起码言蹊自己是这么认为的。但是展信佳严厉地斥责了她这种行为：“林言蹊，你缺心眼儿啊？你月薪多少就敢随便扶人！万一是坏人呢？万一她手里拿着的不是传单，是迷药呢？你知不知道什么叫碰瓷？上个月我看新闻上说，一个姑娘就是这样被骗，后来她的每一个器官都互相隔了十万八千里！”

她说到激动处还拍着桌子壮势，言蹊连连往下扒拉她的手臂，抱歉地冲店里的人笑笑。

何遇拉过她的手：“这么多人呢，注意形象！姑娘家家气性那么大，看着我跟我做，吸吸呼，吸吸呼。”

展信佳不客气地翻了个白眼：“你生孩子呢？”

何遇一口气哽在喉咙里，默默地将她的手搁回她的腿上。言蹊不给面子地笑出声来。

“乐什么乐，继续交代！”

在说到那个突然出现的男人时，言蹊仔细回忆了一下他的长相。男人的脸色呈现出一种近乎病态的苍白，嘴唇没有什么血色，鼻梁高耸，眉骨突出，有些像欧洲传说里的吸血鬼。言蹊这么想着，视线不经意间扫过正叼着吸管垂眸啜饮的何遇，和脑海里那张脸忽地重合。

何遇正在想事情想得出神，似有感觉，随意掀起眼皮就看见林言蹊直勾勾地看着自己，咬着吸管含混不清地说：“你看我干吗？继续说啊，难道是我的帅气影响到你了？”

“就你话多！”展信佳斜着眼睛看他，何遇勾起嘴角，笑得蔫儿坏。

何遇恢复了他一贯的痞气，那种相似感陡然消失，言蹊错愕，想着大概是自己看花眼了，继续往下说。

她老老实实地交代完：“就是这样，我被炒了……”

“这乡巴佬还敢打击报复？”展信佳怒了，正放狠话说要去把那家破店拆了，何遇抻着胳膊肘撞了撞她。展信佳不耐烦地挤开他，正欲发火，何遇悄悄给她使了个眼色，展信佳顺着他的视线看过去，就看见林言蹊一脸郁悒地坐在那儿，整个肩膀都垮了下来。

展信佳“啧”了一声，稍稍放缓了语气：“行了行了，就那小破咖啡厅，累死累活就那么几个钱，不干了也好。别装可怜了，姐明天给你介绍份靠谱点的工作，收拾收拾，一会儿跟我去看电影啊。”

何遇瞪了她一眼，好像在说，有你这么安慰人的吗？

展信佳顿时就炸了，回瞪他：“你行，你来！”

言蹊悄悄抬眼，脸上满是窃喜：“呃……我已经找到新工作了……”她赶紧掏口袋，抽出来一张传单，手忙脚乱地在桌面上铺好，送到展信佳面前，“那个女孩手里拿的传单，那时刚好有点饿了，等你们过来的时候就去这家店吃了个饭，正好他们招人，我就、我就……”

言蹊说着说着有些心虚，声音越来越低。

何遇说：“呵，我说神经那么大条的人，哪有那么容易受打击！就你急吼吼。”话毕，瞄了眼展信佳。

闻言，言蹊嘿嘿地笑了。展信佳看起来嘴上不留情面，话糙脾气大，但是言蹊知道，她是最心软的人。

展信佳：“你能不能有点出息？”

展信佳再三确认，林言蹊坚持要在那家店工作。最终是展信佳妥协。没坐多久，何遇借口公司有事要先离开，她们两人也准备去看电影。

“亲爱的，我走啦。”何遇笑着挥挥手。

展信佳还没消气：“快滚！”

“得嘞，老佛爷万安。”何遇连忙收起坏笑，夸张地压着嗓子回道。

何遇回到车上，坐在车里眯着眼睛抽烟，神情有些凝重。大概是思考得太过专注，烟在手指间灼了长长一截。他向窗外看了一圈，已经找不到展信佳和林言蹊的身影，转头看见烟灰掉在方向盘上，手忙脚乱地抽出一张纸小心擦拭。

直到看不到一点灰烬的时候，他才终于松了口气。展信佳有洁癖，程度简直令人发指，也不喜欢他抽烟。

他按照来的线路驱车离开，却来到了言蹊之前工作的咖啡厅附近。

将车停在路边后，何遇来到咖啡厅外，按照言蹊的叙述找到事发地点，抬起头在四周找了找，目光定在一个监控器上。

他掏出手机打了个电话：“韩秘书，给我查一下今天十一点到下午两点商业街327号商铺门口的监控录像……”

沈家工作室。

朵拉躺在工作台上，后脑上被掀开一块，露出里面复杂的线路，接驳着几根长长的数据线通向电脑主机。沈岫栩站在工作台一边，替换下她右腿上的破碎零件。

朵拉眼皮动了动，露出黝黑的眼珠，直视天花板上惨白的白炽灯光：“主人，我是不是闯祸了？”

沈岫栩没有抬头，拿起工具箱里的螺丝刀，专注对准，金属摩擦的声音响起，他漫不经心地应了一句：“嗯。”

“我怎么了？”

“膝盖上的零件和讯号处理器破损，小问题。”

“但是现在这样，看起来真像是生了一场需要做大型手术的病，你就是那个拿着手术刀的医生。”朵拉尽量模仿人类的语气开玩笑说，尽管她并不能够理解玩笑这个词语，但她知道，这能活跃气氛。

熟悉的语气、嗓音、说话方式，令沈岫栩操控着机械手臂的手一顿。

沈岫栩淡定地把脚背上的面板接回去，发出“咔嗒”一声，他道：“站起来试试。”

朵拉直直地从工作台上坐起来，那是一种不受肌肉牵连，单纯依靠机械动力运动的方式。

“对不起。”朵拉歪着头站在他身边，敏锐地察觉到他情绪的波动。

她记得书上和网上那些知识，做错了事情一定要诚恳地道歉获得对方的原谅。

沈岫栩看着她的动作，眼神一黯，轻轻垂下眼皮。

胃部突如其来的刺痛，令他猝不及防，他狼狈地弯下腰，手指紧紧地抠在工作台上。

朵拉看他弓着背，额头上也开始冒冷汗，明白是他的胃病又犯了。她跑到外间给他倒了一杯水，然后转身进了厨房。

沈岫栩一只手攥着玻璃杯，另一只手扶着墙壁出来就看到她正在料理台煮面条，脚步一顿，眼睛贪婪地看着那个熟悉的背影。

机器人的外形是他按照模型比对制作的，几乎和真人没有什么区别，有时候沈岫栩都会恍惚，以为那个人真的还活着，还在身边……

“主人。”朵拉端着一碗面条送到餐桌上，沈岫栩走过去看了一眼。大概是火开得太大，面汤煮得十分浓稠。拉开椅子坐下，他将手里剩下的半杯水倒进去，慢慢搅拌，朵拉恭恭敬敬地站在一边。

不一样……沈岫栩心里苦笑了下，玻璃杯搁在桌面上的声音有些大。

“主人，对不起。”朵拉眨了眨眼睛，口中道歉，脸上做出一种歉疚而自责的表情。

沈岫栩拿着筷子的手僵住了，肩膀瞬间垮下，整个人脱力似的靠在椅背上，右手无力地盖上脸庞，遮住眼睛。

“回工作间去。”沙哑的声音里透出深深的疲倦，朵拉毫不犹豫地转身执行。

他的唇角逸出一丝苦笑，后又像想起什么好笑的事情声音渐渐大起来，胸口一阵阵起伏，哽着喉咙发出一阵沉闷的笑声。一不小心笑岔了气，引起一阵咳嗽，许久没有进食的胃也在此时开始造反，一种恶心感由下而上涌上来，就像被掐住喉咙一样难受。他三两步奔到洗漱池边呕吐，劲瘦脊背在白衬衫上硌出一节节脊椎骨的形状。

沈岫栩撑在大理石台面，冷静地盯着洗漱池里混合鲜红血丝的液体，然后淡定地扭开水龙头。眼眶泛起一股酸涩，他闭了闭眼，一滴眼泪垂直坠落，溅在汩汩水流里……

漱过口，他重新吃起那碗面，面已经被汤汁泡得黏黏糊糊，沈岫栩似是没有味觉一般悉数往嘴里送。

他想，这世上最无可救药的，恐怕就是你清晰地认识到，现在你所拥有的，不过是一个自己给自己编造的谎言。而你却只能在无数次的自欺欺人和认清事实间，循环往复……

凉风习习，树冠硕大的泡桐树葳蕤丰沛，遮住了所有清亮的月光。路灯的光线发昏，浊浊地照出脚下灰白的水泥路。不知谁家电视机的音量有些大，空气中飘荡着几声锣鼓喧天的背景音乐。

“没到家？我都说送你，你非犟，你不知道夜盲患者在晚上等同半个瞎子吗？”展信佳在电话里气急败坏地吼。

林言蹊打开手机的手电筒举在身前，仔细地盯着脚下的路。

她胆子大，但是唯独有些怕黑，因为对于像她这样夜盲的人而言，天色一旦昏暗下来，整个世界都像是笼上一层神秘的面纱！

黑夜里，只要有光源，言蹊就特别有安全感，就像具备了趋光性的昆虫。

清树坪在栖临城最南边，与展信佳的住所是真正的一南一北。

“我手机有电……”林言蹊摸了摸鼻子，脸上露出讨好的笑容，旋即又想到展信佳不在面前，耸耸鼻子，“你送了我再回家，估计都快凌晨了，多不安全。”

“你少来！你以为我不知道，你肯定是一路打着手电筒！你就算是背一台发电机都不够用！你还知道不安全！我都说了让你等着我去开车，我从车库一出来连个人影都没有了！你跑得真快啊！”

林言蹊被她骂得肝颤，下意识地瞄了眼手机电量，被那个红色的小闪电惊得一愣。电影散场的时候，明明还有 78% 的电量！现在都开始亮红灯了！林言蹊赶紧跑起来。

到了小区楼下，言蹊好不容易哄着展信佳挂了电话，轻手轻脚地开了门，正在摸墙上的开关。

“回来了……”

林言蹊吓得跳了起来，惊魂未定之下一把打开了灯。

“妈，你吓死我了！”

张素秀白了自家女儿一眼，从餐桌上倒了杯水，喝了几口后，幽幽地说：“这个女儿啊算是白养了，一天到晚不着家不说，好不容易回了家，还嫌弃我这个黄脸婆……”

“妈！你胡说八道什么呢！我那是……那是因为工作！”言蹊提高音量，好让自己看起来更加有底气。

“你喊什么喊！”张素秀被她吓了一跳，顿时就恼了，柳叶眉倒竖起来。

言蹊没有把自己的工作现状告诉母亲，母亲至今不知道女儿已经被辞退好几次，言蹊看着母亲难免有些心虚。

“我错了。”言蹊苦着一张脸，老老实实认错。

张素秀还想刺她几句，卧室里林毓钟的声音迷迷糊糊传出来：“闺女回来了，你就让她去睡觉吧，一个劲地叨叨叨。”

“就是！”言蹊小声附和一句。在家里一向都是张素秀管教林言蹊，两人说不到两句就能顶起来，而林毓钟是出了名的好脾气，性格温顺和善，也常常给言蹊解围，从小到大多亏了林父，让言蹊少挨了许多打。都说严父慈母，但林家是反过来的。

“死丫头！”张素秀扬起手作势要打她，言蹊赶紧躲开。

“女孩子家家每天这么晚睡，你看看你那黑眼圈，跟大熊猫似的，怎么嫁得出去！别到头来还得我们老夫妻养你……说你你还不耐烦，真没见过你这么脸大的……”

林母唠叨着进了卧室，那朵坠在粉红色睡衣前襟做点缀的丝带花，因为脱线此刻吊在胸前，随着她的走动晃荡。关门前夕，她又探出上半身，没好气地嘱咐：“厨房里有汤，特意给你炖的，喝了再睡。”

言蹊晃到厨房，将倒扣在汤碗上的盘子拿开，淡淡的党参香味随着翻滚的热气扑面而来。

她瞥了眼墙上的挂钟，将近凌晨，也不知道妈妈看了多久的火……

言蹊轻轻拉开凳子坐下，慢慢喝起来，浮着油花的鸡汤很清亮，鸡肉炖得很烂和党参糅合在一起，稍微有点苦涩。言蹊耸了耸酸涩的鼻子，腾腾蒸汽熏得她眼眶有些发热。

她心里有些难过，觉得自己真是太狼狈了。

第三章
Chapter three

你们有钱人都喜欢用钱来侮辱人吗？

新的一天开始，天气晴好。

沈岫栩从大床上支起身，微微有些眩晕。拉开窗帘，大片的阳光倾泻进房间里，突如其来的亮光刺得他下意识抬手挡在眼前，眯着眼从指缝中看见空气中不断沉浮的尘埃。

别墅二楼到一楼是一段螺旋式的楼梯，天花板上吊着一盏巴洛特风格的水晶长吊灯，沈岫栩扶着墙壁从楼梯上下来，朵拉正捂着电话等他下来。

沈岫栩问：“什么事？”

“刘姨说以后不能过来了。”朵拉回头微笑着答道。

沈岫栩顿了好几秒才反应过来她说的是谁，刘姨专门负责他的饮食，三天前有急事请假回家。

“沈……沈先生在吗？”电话那头的声音有些惴惴不安，朵拉应了一声，直接将手上的电话转交。沈岫栩花了几分钟听对方解释，大概就是她体恤在外跑生意的儿子，帮忙回家照顾最近怀孕的儿媳。

在她解释的时候，沈岫栩一直没有说话，等到她所有的歉疚还有虚伪的客套都说完无话可说的时候，那个熟悉的清冷声音才淡淡道了句：“没关系。”

刘姨的心瞬间有些刺痛，她在沈家工作也将近七八个年头了，沈岫栩给她开的工资一向优渥，虽然说是做保姆，实际上她拿着好几倍的薪水，却只需要负责他一个人的一日三餐。

刚来沈家工作时她也曾有些忐忑，给她地址的是一个非常年轻的男人，给她开出来的条件里有一条十分突兀：少看、少听、少说、多做。这是多么奇怪的要求，刘姨存了一份戒心，所以在去之前特意打听了一下，听说这家的小少爷自从九岁那年父母去世之后，脾气性格就越发阴郁古怪。原本他父亲那边的亲戚要收养他，但是他和同龄的孩子根本合不来，有一次打架更是活生生将人家的手撕下一块肉。

他还喜欢把自己锁在房间里砸东西，有人偷偷从门缝里看他对着空气不停说话。那些叔伯家统统被他折磨得鸡犬不宁，无可奈何之下，才将他送来了他外祖父留下的别墅，任他一个人生活。听说前头也有一个保姆，但是不出一年就被辞退，不久就举家搬离了邡舟。像他们这种平凡人家，稍稍一不小心行差踏错，那就像是踩到地雷一样，后果不是轻易能够承担的……

所以，当她第一次看见这栋别墅时，淹没不敢置信的是深深的恐慌。房子很大很华丽，但是转念想到这样大的房子里，居然只有一个十几岁的孩子独居在里头，又觉得心酸又可怜。

刘姨心想，就算是一个正常的孩子，待久了也会疯了吧？

后来她见到沈岫栩，她从没有见过比他更精致漂亮的孩子，但是他的脸色却是接近病态的苍白，十几岁的少年没有一点同龄人的稚气和活力，瘦得不成样。他沉浸在一堆冰冷的金属器械里，看你一眼又低下头去。可那直白的一眼，就像是一面镜子，能够清晰地把你内心所有的污秽都映照出来，让人心底发慌。

她束手束脚地做好午饭，那个叫朵拉的女人将他带出来，不发一言地用饭，动作规矩优雅，吃完后又回到那个冷冰冰的地下室。

刘姨有些疑惑，这是她打听到的那个孩子吗？冲动、暴躁、易怒而凶狠，分明任何一个都与他沾不上边。

就这样，她莫名其妙地留在沈家。一年又一年，本来就是一场银货两讫的交易，沈家显然更加干脆，没有丝毫人情掺杂在其中。沈岫栩很少和她说话，也不去上学，别墅就像是地面上的一座坟墓，沈岫栩则是这人世间的行尸走肉。

打破这样的状况，是有一次她儿子在外头跑活出了车祸，她急得不成样子，工作的时候也出了许多差错。惶惶不安间是沈岫栩送她去的医院，就连那笔在她看来堪称天价的医药费，也是沈岫栩在离开医院前默默交了的……

刘姨没读过什么书，但是知恩图报四个字还是晓得的。从那以后她打心底生出一种要照顾好沈岫栩的意识，现在却突然要辞职，怎么想都是唐突非常。

她踌躇着，在沈岫栩正要挂电话的时候，才喊出声："沈先生……您要照顾好自己的身体！"

沈岫栩站在料理台前，捏着勺子的手指一顿，勺子里的葡萄糖粉撒出来，"沙沙"地坠进水杯，慢慢沉底，悄无声息。

"谢谢。"

电话已经挂了，刘姨叹了口气，放下手机，才发现粗糙的指节因为紧紧捏着电话有些生疼。不远处孩子们的嬉笑声此起彼伏，她坐在原地出了会儿神。

一个穿着黑西装的男人走过来，她也没有反应过来，直到他将一张支票递至面前，一板一眼地说："这是您在沈家辛苦这么多年的酬劳。"

刘姨一愣，慌张地摇了摇头："沈先生已经……"

男人强势地打断她："这是我们先生额外付给您的，另外有一句话要告诉您，既然出了那扇门，有些不该记得的东西就忘掉，如果有一句不该在外头听到的流言……我想您应该明白的。"

刘姨越过他往他身后看过去，不远处的廊柱边的身影令她瞳孔一缩，虽然只有一面之缘，但她还是记得，就是那个男人，介绍她去沈家的。

面前的男人说话口吻淡淡的，却无端给人一种压迫感，刘姨下意识地点头，明明是艳阳高照，却有一股寒意从脚底升起。

赵则从办公室里出来，远远地就看见站在花园廊下的何遇，双手抄在白大褂的两个衣兜里，放轻脚步走至他身后，探头顺着他的目光看了过去。他认识那个刘姨，她的儿媳妇是这所福利院的老师，最近怀孕了，所以她辞了工作来这边帮忙顺便照顾儿媳。但是，听说在这之前，刘姨是在“那家”做保姆……

好像无意间撞破了一点有趣的事情啊。赵则觉得有趣，伸出食指指尖顺着鼻梁将下滑的眼镜往上顶了顶，从喉咙里发出一声低笑。

何遇立马回过神来，转身看见是赵则，脸上勉强扯出一抹笑容算是打招呼，顺手将指尖已经快燃尽的烟摁灭。

赵则四下看看，确定没有人注意这边，迅速从何遇口袋里摸出一根烟，叼在嘴上，冲何遇点点下巴，示意他点上。何遇瞥他一眼，没有动。

“快点，趁院长不在！”他瓮声瓮气地催促，明文规定孤儿院里不许抽烟，因为怕二手烟影响到孩子们。

何遇从鼻子里哼了一声，无奈照做。

赵则深深吸了一口烟，活像是饿死鬼终于吃了顿饱饭。

吐出一口烟雾，赵则戏谑开口：“你对关心的人表达善意的方式一向这样迂回吗？”

何遇眉头不着痕迹地颤了颤，想起眼前这个人是在美国进修过的心理学专家，最擅长从人的表情读取心理活动，于是下意识扭过头去：“不懂你在说什么。”说完将视线硬生生挪向花园另一隅，那边有一块大草坪，孤儿院里的孩子们正在追逐打闹，天真烂漫。

“真是熟悉的画面，咱们小时候也是……”赵则会心一笑，正准备以此为突破口。

何遇瞬间洞悉他的意图，直视他的双眼：“你不用对我实施心理战术，我对他憎恶并不影响我照顾他，这是两码事。”

“这么多年过去了，你还放不下？”赵则挑眉，目光复杂地看他一眼，“你知道《列子》里有这么一则——人有亡斧者，意其邻之子。视其行步，窃斧也；颜色，窃斧也；言语，窃斧也；动作态度，无为而不窃斧也。俄而掘其谷而得其斧，他日复见其邻人之子，动作态度无似窃斧者。”

何遇僵着脸睨他，抢先说：“心理医生都喜欢像你一样玩文字游戏吗？”

“没有学心理学之前，我一直想做一名哲学家……”赵则眨眨眼，半真半假地说，金丝眼镜的镜片在他动作间晃动着白茫茫的光，看不清他的眼神。

何遇没理他。

赵则无所谓地耸肩继续说：“其实就是说从前有个人丢了把斧

子，怀疑是邻居家儿子偷的，观察后觉得这人的言、行、举、止，无一不像偷斧子的，于是认定他是小偷。但是不久后那个人找回了斧子，原来是他自己不小心遗失了。于是第二天又见到邻居家的儿子，就觉得他没有一处像偷斧子的人。”

何遇相信赵则不只是想给他讲一则故事这样简单。

果然，赵则继续道：“在心理学上有一个词语解释这种现象，叫‘证实性偏见’，通俗易懂地说，就是人在主观上支持某种观点时，往往会倾向于寻找那些能够支持原有观点的‘证据’，而对于那些可能推翻原有观点的信息，则往往会忽视掉……选择性地收集证据，选择性地解读证据，这导致原有观点越来越被加固，然后就会形成一种‘偏见’。”

“听你这么说，好像我是一个很狭隘的人。”何遇明白他的意思，试图开玩笑缓解一下心中汹涌的情绪。

“我是想告诉你，”赵则眼睛里满是睿智的光芒，“有时候推翻已有的观念,重新审视,也许你会发现,其实又是另一种真相呢？”

“你确实是一个很好的医生。”何遇笑了，眼睛第一次直视赵则，嘴角慢慢拉平，插在裤兜里的手紧握成拳，一个深深的呼吸后，又松开，轻声又坚定地道，“但实际上，我真的是一个狭隘的人。”

赵则沉默着目送他越走越远，眉峰间的褶皱越来越深。

一天的工作已经快要结束,新上岗的林言蹊稍微还有些不适应,本来安排她在店里帮忙，渐渐地到了高峰期她就有些手忙脚乱频频出错，于是她被打发去配送餐点。

言蹊刚将电瓶车停稳，店里的小丫头乔乔一只手提一个不同花色的塑料袋跑出来，分别交代是送去哪里。

“辛苦言蹊姐了。”乔乔笑眯眯地冲言蹊挥挥手，转身跑进了店里，没走两步又回头朝她做了个鬼脸。言蹊低头轻笑，乔乔是在读大学生，趁着没课的时候勤工俭学，可能是因为还没有长开，明明看着挺瘦的小姑娘脸上肉嘟嘟的。

言蹊还挺喜欢这个小姑娘的，中午大家都忙得像陀螺，言蹊几次出错都是乔乔点头哈腰地向客人道歉……

言蹊仔细看了看抄在小本子上的两个地址，其中一个就在地下商业街商铺，很近。言蹊对那一片都很熟悉，骑上小电炉一溜烟就上了马路。

送到时女店主正在忙，在身后随手指了个地方，言蹊确认了两份外卖的塑料袋颜色后，小心翼翼地将外卖放在墙角的桌面上。

出了商业街，林言蹊用手机查了查第二个地址，页面刷出来，言蹊不敢置信地来回对照自己有没有打错地址。

十三公里？有没有搞错？

言蹊有些头疼，按道理，店里是不会接这么远的外卖的啊？无奈之下她打电话给乔乔，却没有人接，言蹊没有办法，挠挠头朝手机上的地址驶去。

此时正处于晚高峰，路上堵得言蹊心里发慌，凭借着小电驴身材娇小的优势在车与车的空隙间穿梭，在好几个车主的白眼之下，言蹊好不容易脱离了车流。随着车流量明显地减少，言蹊感觉到这条路上越来越荒凉。

天色开始渐渐暗下来，大概是因为“人迹罕至”，就连路灯都是浅浅的光芒，道路两边黑咕隆咚的，看起来像是荒草丛生的野外。言蹊渐渐有些吃力，在心中暗暗叫苦：怎么会有人住这么偏远的地方？

眼看离导航里的目的地越来越近，耳机里蹦出机械化的女声提示：“……到达目的地，导航结束。”言蹊蒙了，连忙刹车，到达目的地？她怎么什么也看不见！

看着眼前黑漆漆的一片，她欲哭无泪。认命地打开手电筒，抬手四处晃了晃，灯光快速晃过婆娑树影，她找到了灰白色的墙面。

言蹊拎着外卖，站在别墅门口，找了一圈都没有看到门铃的影子，正要拨电话，不料手机屏幕在这时闪烁一下，彻底黑屏……这一刻，言蹊想起展信佳的话：就算背一个发电机都不够你用……

真是个乌鸦嘴，言蹊恨恨地吐槽。

连续敲了好几次门都没有人回应，言蹊终于开始反省，今天是不是不宜出门？否则怎么会这么倒霉？这么想着，任由言蹊脾气再怎么好现在也开始烦躁，她泄愤般地抬手砸在门上，却没想到厚实的门板“咔嗒”一声开了一条小缝。

什么情况？

言蹊不明就里，犹豫着推开门，探了半个身子进去，里头黑漆漆一片，大门的正前方有一点昏黄的光芒。但是对于林言蹊这个夜盲症患者来说，这种情况下可视度无限趋近于零，聊胜于无罢了。

“有人吗？”言蹊试探性地问了一句，轻轻将门又推开一点，冗长又尖锐的“吱嘎——”声，在暗沉沉的空间里回荡。耳朵里有一种夜晚才听得到的特殊的嗡鸣回荡，言蹊越是努力去听，越是捕捉不到，不知不觉背上惊起一身冷汗，被屋子里的过堂风一吹，浑身上下凉飕飕的。

当人处在黑暗中，四周也趋于平静，视觉和听觉统统都休眠的时候，想象力会填补空白，活跃成平时的十倍，就好像是黑暗中蛰伏着一头猛兽，蓄势待发随时蠢蠢欲动。

阴冷的空气一点点在她身上攀缘，不知道哪一处的水龙头没有关紧，富有规律的“滴答滴答”声似远似近。言蹊一边壮着胆子又喊了一声，一边慢慢向前方的光源处挪动。

大门正对着的是通向后花园的拱门，那边有一个玻璃暖房，沈岫栩架着修长的腿坐在里头的单人沙发上，腿上摊开一本书，一只手扶在书脊上。他在这里坐了一下午，盯着久久没有翻动的书不知在想什么。

客厅方向传来的响动惊动了他，他侧耳仔细听了一会儿，扭开一边茶几上的汽灯向外走，看到了一脸惊慌无措的言蹊瞪着一双迷茫的眼睛往屋内走。

言蹊摸着墙壁，心里越发没有底，强烈的窒息感让她发不出声，心脏急速咚咚作响。她用力咽了口口水，一阵阴森森的寒气向她袭来，她强迫自己往前走，眼角却不听使唤地向身后探看，小腿不受控制地颤抖着挪动……

她心里不停地祈祷，捏紧手指紧紧护在身前，此刻无比痛恨自己的夜盲症。大概是分了神，她完全没有注意到，一只像是尸体一般冰冷僵硬的手，此刻正渐渐靠近她的肩膀……

一个人走夜路的时候，你一定有过这样的感觉，四周一片黑暗，就像是凭空生出一团被染黑的浓雾，它遮盖着不属于这人间的牛鬼蛇神，但是总有细微的声音漏出来。

你回头，却什么也没有看见，你告诉自己：什么都没有。无法遏制的心跳擂动影响你的判断，但是又那么清晰地感觉到——那些鬼怪离你越来越近、越来越近……

你越惊慌，它越放肆。你吓得手脚发软、喘不过气，你加快速度躲开，不经意偏头发现，一只瘦骨嶙峋、长着灰白指甲的手，以一种索取的姿势，就悬在你的耳边……

“啊——”尖锐的叫声划破寂静的夜空，黑色的树影里惊起无数蝙蝠，坚韧的翅膀拍打着空气，混合着不知名鸟类的“咕咕”声，银色的月亮被灰色的浮云遮住半边。

言蹊手上提着的外卖在刚刚的惊吓中掉落在地，可她此刻完全沉浸在恐惧中，她摸着刚刚被人拍过的肩膀，向后退了几步靠在墙边，惊魂未定地喘气，有些被吓傻了一般盯着身侧模糊的人影。一阵窸窸窣窣的声音，言蹊感觉到有人在她身边蹲下，纱织布料垂落在她的僵硬的手指上。“你还好吧？”含着歉意的女声响起，温柔绵软。

有脚步声保持着平缓的频率靠近，言蹊如同惊弓之鸟，瞪着眼睛抬头，看到浑身被暖黄色的光晕包裹着的沈岫栩，从黑暗中款款走出来。

“怦怦、怦怦……”心跳跟随着清脆的脚步声磕在胸口，言蹊急促的呼吸渐渐平缓下来，眼神不由自主地跟着这个一身矜贵、冷漠、忧郁的男人移动，言蹊脑海中忽然浮现出《暮光之城》里吸血鬼爱德华的影子。

沈岫栩居高临下的眼神在她身上只停顿了一秒，便掠过她，向她身后走去。

“啪”的一声，突如其来的灯光刺得她扭头闭上眼，再睁开时还来不及观察四周，散落在地上的外卖却瞬间让她发出一声惨叫。

“闭嘴……”沈岫栩紧抿的唇线表达了他的不悦。

言蹊冲着陷在沙发里的沈岫栩鞠了个90度的躬，双手紧握成拳撑在膝盖上，脸上如临大敌：“不好意思，是我的失误打翻了外卖，我、我……”

“没关系的啦，他以前总是挨饿都习惯了，没有那么严重……”朵拉看着她紧张的模样下意识地安慰道，然后打开冰箱拿出一包葡萄糖粉，带着笑意的脸上满是天真无邪。

言蹊听到这句，心里的愧疚更盛，她硬着头皮看了眼沈岫栩，发现他只是淡淡地盯着某一处，看起来随意搭在胃部的左手和微蹙的眉头却暴露了他的不适。言蹊咬唇向面前的男人求情：“虽然很不好意思，但是希望您不要给我差评……”

沈岫栩还是没有一点动容，言蹊破罐子破摔地继续解释：“我真的不想失去这份工作，我知道这样的要求很无理，但还是请您给我一次……机会……”

“为什么？”沈岫栩淡淡地反问，言蹊心里“咯噔”一下，表情凝固在脸上。

朵拉站在一边欲言又止。

其实这件事，并不完全怪言蹊，在一片漆黑、叫天天不应叫地地不灵的状况下被人拍肩膀，是个人都会被吓个半死，所以她小声嘟囔了一句：“这件事也不能只怪我一个人吧，正常人谁会把家里弄得像鬼屋……”

沈岫栩的眼神淡淡扫过去：“行了，你走吧……”

他接过朵拉递来的玻璃杯，面无表情地抿了一口，绞痛的感觉稍稍被压制，但是沈岫栩知道这只是暂时的，没想到时隔多年还会经历饿肚子的感觉。

“对不起，但是我真的……”言蹊有些慌，不断地弯腰道歉。这是她第一天正式上任，就惹了乱子，无法言喻的挫败感油然而生。换了这么多次工作，接连不断的打击，令她深刻地体会到，什么叫作生活迟早会磨平你所有的棱角，但是她还不想认输。的确，她现在不够世故、不够圆滑，讨好的痕迹又太明显，接二连三地被辞退，命运好像给她打上了一个失败者的标签。

沈岫栩瞥了一眼站在原地，脸色颓败但是又倔强着想要据理力争的言蹊：“这件事情没什么好道歉的，首先，是你的失职；其次，你没有主宰我选择的权利。”

“我没有想要推脱责任，请您给我补偿的机会！”言蹊觉得自己快要哭了，但是骨子里有些声音在不停叫嚣：不要那么没用！坚强起来！

“哦？”

沈岫栩第一次将目光停留在那个正在厨房的墙壁上摸索开关的女孩身上，朝朵拉抬了抬下巴。

朵拉拉开灯，朝言蹊善意地笑了笑，自动走到一边打算帮她打下手。言蹊低声说了句：“谢谢。”

这个女孩穿着藏蓝色的蓬蓬裙，言蹊第一眼就认出了朵拉和沈岫栩，只是朵拉给她的感觉，和那天在咖啡厅外很不一样……还有那个男人……言蹊透过狭小的门缝偏头偷偷看了一眼沈岫栩，沈岫栩双手交叠搁在膝盖上，敏感察觉到她的注视，略侧头往厨房看来，言蹊连忙收回视线。

半个小时后，热腾腾的饭菜被端上大理石餐桌，言蹊收拾好厨房后出来，看到朵拉在沈岫栩的面前摆好餐具，退到一边，沈岫栩将餐巾铺在膝盖上。

“她……”言蹊指了指朵拉，她不太能理解这样的相处模式，看两个人的年纪不是情侣就是兄妹，但是现在这场景两人又好像是上下级的关系，于是提醒道，“呃，我有做两人份……”

沈岫栩坐在高背椅上稳如泰山，朵拉正在斟酌语言该如何解释，而沈岫栩像是想起什么，放下汤匙，用一种悠长的带着讥诮的语气问道：“你这么喜欢管别人家的闲事吗？”

他们总共见过两次面，都是她在管闲事。

言蹊闻言一愣，也想起那天发生的事情。这时，朵拉遵照沈岫栩的指示将一个信封递至言蹊面前，餐桌边的男人傲慢开口：“你现在应该做的是拿上你的东西，离开我的房子。”

言蹊一瞬间就明白了信封里装的是什么，比起被骂管闲事，她更不喜欢现在男人不可一世的傲慢。她有一种被羞辱的感觉，内心突然生出一股勇气，她举起信封，嗤笑一声，学着沈岫栩的腔调：“你们有钱人都喜欢用钱来侮辱人吗？”

她脾气好，不喜欢与人争辩，但是不代表没有脾气。

沈岫栩有些诧异，眉头一皱，却什么也没有说。言蹊将信封丢在桌面上，她想学男人那种冷淡的语气，但是失败了，带着些赌气的成分说："我的工作也完成了，的确不该管闲事的。对于打扰到您，我很抱歉。祝您用餐愉快。"说完用力踩着步子离开。

言蹊走后，沈岫栩无动于衷地继续进食，朵拉眼珠一转，说道："她已经走了。"

"她应该有夜盲症，刚才看她摔了好几跤。"朵拉淡淡地将刚才在监控里看到的画面说出来。

沈岫栩用餐巾擦了擦嘴角，稳步向楼上走去，旋转楼梯上已经快看不到他的身影，才传来他的声音："让'追光'跟着她，三号灯。"就看在饭菜还算可口的份上，帮她一把。

言蹊不知道是第几次扶起小电驴，她的膝盖在上一次摔跤的时候磕破了皮，现在泛起丝丝刺痛。她推着小电驴，一边一瘸一拐地辨认路线，一边在心里埋怨："路灯调得这么暗，是要给国家省电吗？"

"真是头一回遇见这种极品……倒霉透了，什么人嘛！"言蹊没好气地骂骂咧咧，天空中忽然传来一阵嗡嗡声，她好奇地抬头一看，被一束刺眼的灯光射得躲了躲。等她再抬起头，才看清楚——一架白色的无人机飞在她的头顶，无人机投射下来的光束将路面照得一清二楚，此刻正沿着这条公路向前飞。

言蹊连忙骑上车，跟着无人机走，不管无人机的目的地是哪里，能跟一段是一段啊！

无人机保持着和小电驴一前一后的速度，非常和谐。直到走到主干道，四周光线亮起来，那架无人机才加速离开，言蹊不得不感叹自己的狗屎运。

液晶屏幕上播放着由无人机拍摄的视频，白色的光芒打在沈岫栩棱角分明的脸庞上，他看着林言蹊朝镜头挥挥手，然后用双手比出一个爱心的手势，笑容满面地朝天空中朗声喊了一句："谢谢！"

沈岫栩面无表情地低下了头，用遥控器关闭了视频画面，房间里立刻陷入了黑暗，挂壁式 CD 机里缓缓流淌出如水般的钢琴曲。他曲着一条腿坐在飘窗边缘，遥遥远眺悬在夜空中零星的璀璨。视线里突然出现白色的无人机——追光。

他打开窗户，"追光"稳稳地飞进来，停在他的面前。沈岫栩的手指轻轻触上摄像头，脑海中浮现出那个女孩的笑容、比心时憨态可掬的模样，眼神一暗。

他面前的"追光"跟着音乐旋律左摇右晃，正好踩在节拍上，就像正舞着一曲夸张的华尔兹舞步。一号灯打开，墙上立马浮现出一条浩瀚的星河。

沈岫栩的脑袋慢慢向后仰，伸长手臂将一颗光芒拢在手心，脸上浮现出淡淡笑意。

朵拉规矩地坐在工作台上，在视讯处理系统里小心控制着“追光”的动作。她的记忆画面里，闪过相似的一幕，六七岁大小的小男孩，伸出胖嘟嘟的小手，吃力地探高。直到摸上那流转的星光，他的脸上露出难得的孩子气，捂着手掌献宝似的，神秘地凑到满脸柔和温润的女人面前，用脆生生又有些压抑的嗓音说：“妈妈，我抓住你了！”

第四章
Chapter four

如果说这也算缘分的话，
我们恐怕是孽缘。

言蹊骑着小电驴回到店里，看到的却是一扇已经拉上的卷闸门。

乔乔正好从后厨出来，看见言蹊呆愣地站在门口，赶紧跑上去：“言蹊姐，你去哪了？周扒皮都快报警了……真是吓死我了，我还以为你出意外了……”

言蹊将事情经过一五一十地说了一遍，但是跳过了最后在沈家做饭的事情。

“呼，你没事就好。”乔乔夸张地抚着胸口长长舒了一口气，在言蹊看过去之后，目光却有些躲闪。

“怎么了？”

乔乔欲言又止，小心看了她一眼，又马上收回，双手互相绞着：

“关门的时候，我偷听到好像有人投诉你……周店长说……”

言蹊脑子嗡的一声，见乔乔半天没说下去，言蹊抬起头问她：“要辞退我？”

她语气笃定，乔乔为难地点点头：“言蹊姐……”

乔乔一副快哭出来的样子，言蹊心中的郁闷稍稍消退一点，拍拍她的肩膀，反而安慰起来：“好啦，没关系，我可以去找别的工作啊。”

……

好不容易把乔乔哄好，言蹊回到家，还没开门，张素秀咋呼的声音透过门板传出来：“……那个天杀的王八羔子，还想蒙我！我张素秀是什么人，还能让他占便宜！”

客厅的电视里播着地方新闻，林毓钟背对着玄关站在装饰柜边，往小酒杯里倒酒，斜着眼睛留神盯着电视机，还不忘分神数落：“就你一毛两毛穷算计，人家老张不容易，咱们这么多年街坊，接济接济他也没什么啊！”

说完，他晃了晃小酒杯里的白酒。

言蹊打开门，有气无力地喊了一声：“我回来了。”

但是她的声音马上被林母高亢的辩驳声盖住：“什么叫我算计啊？你自己说老张那个吝啬鬼哪次不亏我的钱？短斤少两，我就不说了，还让我接济他，呸！你倒是好心，你以为你家是万贯家产，还是怎么的？你接济他，谁来接济接济我啊？”

张素秀狞面呛声，她是那种市井上最常见的家庭妇女，日子过得精打细算，与人争辩就像是连珠炮弹，直堵得你说不出话来。而林毓钟，祖上是世代的书香世家，直到祖父那一辈才开始渐渐没落。但是在林毓钟骨子里，还是存着些读书人的傲骨，轻易不与人红脸，更别说如林母一样计较一毛两毛与人大张旗鼓地争辩。在林言蹊的心中，林毓钟真算是应了那句诗："宁可清贫自乐，不做浊富多忧。"

所以每当张素秀数落他，他只会保持沉默。唯独一件事，那就是他的心头好——酒。

林毓钟正一如往常般装作听不见，抿了一口酒，"嘶"地倒吸一口凉气，正等着老白干甘洌丰柔的灼烧感，半天没等到，又抿抿嘴仔细品了品："嘿，你个死老太婆是不是又往我的酒里兑水了？"

饮酒算是林父唯一一个比较风雅的恶习，曾经每天都要小酌几杯。小时候言蹊没少看见林毓钟穿着白色大背心、鞠着张小板凳坐在阳台上，嘴里囫囵念叨些像"未曾清贫难成人，不经打击老天真"这样的话。

但是白酒度数高，张素秀以喝酒对肝脏不好为由强令林父戒酒，本来街坊邻居都以为因为戒酒这个问题，林家怎么也得大闹一场。毕竟，古往今来多少家庭都"死"在酗酒两个字上。但是没想到，林父不吵不闹，只是偷偷在家里各个隐蔽的角落藏酒，张素秀就跟在他背后，趁他不注意往酒里兑水。

老夫妻俩各自都心照不宣，但是每每都要打个嘴仗，但是好歹总算把林父喝酒的量减了下来。

言蹊觉得这可能是他们夫妻之间特有的情趣吧。

“闺女，你的腿咋啦？”林毓钟这时候才注意到在门口艰难脱鞋的言蹊。

“不小心摔了一跤。”言蹊目光闪烁，掩饰性地摸摸鼻子，匆匆说完便跑回自己房间。言蹊的房间很简洁，书桌旁那个大书柜十分抢眼，上面摆满了古今中外各式各样的书籍。这是言蹊的一个嗜好，爷爷林音生还在世时就常教她说：人从书里乖。

“叩叩”的敲门声响起，“闺女？”林毓钟耳朵贴在门上低声喊了一句。

言蹊打开门：“爸。”

“啊。”林毓钟应了一声，站在门边有些局促，好像想说些什么又不知道该如何开口，半天才憋出一句，“工作怎么样？压力大吗？”

类似的问题林毓钟问过很多次，千篇一律，这个好脾气的男人伴随着女儿一天天长大，就渐渐丧失了交流的能力。这不是代表林毓钟不爱她，相反的是他很关心这个女儿，近乎溺爱，会在背地里准备她喜欢的东西；在她犯错的时候，挡在她身前充当保护伞；在无人时，宝贝一样地捧着她的毕业照细细端详……

唯独不知道怎么表达关心，连问候都显得笨拙。

言蹊几乎对于这几个问题的回答倒背如流，走完这一套形式后，两人都陷入沉默。她闻到一点筋骨贴的膏药味：“爸，你肩周炎又犯了？”

“可不是吗？今天去老张那里买米，你爸非要自己背回来，说都说不听……”张素秀逮着机会就开始数落，说着说着又唠叨起来。

“还不是我说要老张找人帮忙背，你又不肯嘛！你腰又不好，我不背谁背？”林毓钟没好气地反驳。

“你可拉倒吧，指望那吝啬鬼，还不如靠自己！”张素秀翻了个白眼。

“你瞅瞅你说的什么话，那又要不了几个钱！”

“是是是，你多大方啊，就我小气。姓林的我告诉你，就算只有一毛钱，我都不给老张赚！我不乐意！”

吃过晚饭，言蹊收拾好桌面又洗漱过后，打算回房间早点休息，明天再出去找工作。

路过父母房间时，张素秀独特的大嗓门传出来，语气里没有饭前那股咄咄逼人：“要不咱家别送货了，你看你这个关节炎……”

林毓钟不耐烦地说：“哎呀，你有劲没劲，咱家不送货靠着个小水果摊能挣几个钱？丫头才刚工作，你好意思给她添负担啊？”

“可是……”张素秀欲言又止，林毓钟立马打断：“别可是了，大不了以后少跑长途。”

言蹊垂着头站在门外，门内窸窸窣窣的声音渐渐低下去，林毓钟忽然肃声说了句：“对了，家里的事你可不许跟丫头碎嘴。”

回到房间后，言蹊抓着手机坐在床上望着书柜看了很久，满满当当的书柜最上面一层是空的。她跪坐在床边，从床底下拖出来一个纸箱，纸箱上已经落了一层灰，里面是一箱子关于酒店管理的专业书籍。

她叹了口气，又将箱子盖上，重重叹了口气，给展信佳打了个电话。

“你总算是开窍了！”当展信佳听到言蹊拜托自己给她介绍一份“靠谱”工作时，简直就像枯木逢春一样激动。

她俩之间的交情好歹也有四五年，称得上是铁一般的闺蜜。但是她们根本就不是同一个世界的人，言蹊一直都知道。

第一次失业的时候，言蹊绝望得头顶的天都像要塌下来一样，而展信佳义愤填膺地就要帮她去讨公道。她知道对于展信佳来说，这是一件很小的事情，用展信佳的话来说：还没有描一个好看的指甲复杂。

可是言蹊不愿意。她虽然外表看上去大大咧咧的，好像怎样都无所谓。但实际上，她太在意别人的目光，她希望通过自己的能力获得别人的尊重和认可，而不是依靠一个有钱的朋友在背后为她撑腰，让她可以“作威作福”。她的骨子里一直很固执，这种自尊和务实袭承于林毓钟。

展信佳更好奇是什么令言蹊这块硬骨头软了态度，言蹊也没有隐瞒，将在父母门口偷听到的话转述一遍，言蹊心里有些发堵："我现在一想到他们，就觉得自己真是不懂事，要是我争气一点，他们压力也不会那么大……"

她们是视频通话，展信佳看着她失落得就像一只受委屈的小狗一样，湿漉漉的大眼睛看得人心里发软，一只手无意识地抠着手机后盖上的水钻，眼睛不经意间瞥见跪坐在对面的何遇正冲她挤眉弄眼。

"你丑死了！"展信佳当时就表达了自己的嫌弃。

何遇表示很受伤，正要发作，展信佳又说："你手稳点，把我的面膜掉地上，我跟你拼命！"

言蹊打电话来的时候，展信佳正闹着要何遇帮她敷新买的面膜，何遇咬牙："展信佳，你变了，想想咱俩第一次见面那会儿，那个端庄温柔、高贵冷艳的你，没想到……"

展信佳只是瞥了他一眼，将面膜拿过去对着镜子就开始贴，何遇做出一副伤春悲秋的模样恨恨道："怪我瞎眼了！"

言蹊在手机那头都有些受不了何遇这个调调，但是转眼看到展信佳脸上那张蕾丝面膜，她觉得自己的心脏受到了重击。如果她没猜错的话，那应该是之前某电视剧里出现过的，堪称吃不起饭也要敷的蕾丝面膜……

这就是她们之间的差距，对于展信佳而言，生活是一种奢华的享受；而于林言蹊，是负重前行。

真是压根不能比……

“别说那些没用的，你刚才要说什么？”展信佳问何遇。

何遇冷哼一声，说起他公司名下的研究组有一个研究狂，现在家里正缺一个人照顾饮食起居，重点是薪资待遇丰厚。

对于这份工作强度和薪酬严重不成正比的工作，言蹊做出了生平第一次恶意的揣测：“他不会潜规则我吧！”

何遇一噎，似笑非笑地反驳：“你太看得起你自己了……”

言蹊说完就觉得有些羞愧，被他这么一怼更是窘得满脸通红。展信佳看到了，踹了他一脚，危险地眯眼逼问：“你没有打什么坏主意吧？”

何遇面对展信佳又换了一副义正词严的嘴脸，就差指天指地地保证：“我怎么都不能害我们家蹊蹊。”

展信佳喝止：“打住，是我家蹊蹊，跟你有什么关系？”

“你的就是我的，咱们俩干吗这么见外啊？”何遇坏笑。

“这个必须见外！”言蹊有些受不了地插嘴道。

何遇动作很快，第二天就安排韩秘书送林言蹊去雇主的别墅。

韩秘书一边开着车，一边简单地介绍了雇主信息还有一些避忌，两人之间不再有交流。林言蹊在心里默默牢记这些事项。

韩秘书朝后视镜里望了一眼双手紧揪着坐垫的言蹊，这个女孩一看就是刚出大学的毕业生，想到别墅里不好相处的某人，尽量放缓语气：“其实也不用那么紧张，沈先生平时很少出实验室，所以呢，你应该和他打不了几回交道。”

林言蹊还是有些惴惴的，想要点头，眼角瞥见车窗外，公路边一片盛开着的蓝紫色花海，一下就勾走了她的注意力。

“那是洋苏草。”

言蹊闻言扭头，又规规矩矩坐好，抬眼正好在后视镜与韩秘书戏谑的视线撞上，腼腆地笑笑赞道：“我还以为是薰衣草，真漂亮。”

“说起来，洋苏草可是七月的幸运花。”韩秘书打趣，轻松的语气令言蹊有些错愕，她以为韩秘书是那种冷漠、酷到不屑和你多说一句话的人。韩秘书没有察觉到她的讶异，继续取笑她，“传说中，洋苏草有一种神秘力量，女孩可以借着洋苏草，预见未来丈夫的模样，所以它的花语里也有期待的意思。”

言蹊错愕地问：“你怎么知道？”在她心里，韩秘书这样不苟言笑的人，怎么会对这种浪漫的事情这么了然？

“我未婚妻对花卉很了解。”韩秘书轻声说，眼角眉梢全是罕见的温柔。

言蹊举目望向窗外，那片蓝紫色的花海就像童话故事中的那样美得梦幻极了，但是她也渐渐察觉出一些不对劲……

怎么这条路，好像很熟悉的感觉？

言蹊疑惑地偏头。

她当然想不到，同一条路在白天和黑夜的差距能有这么大。

“到了。”

还没等她琢磨明白，汽车突然停下来，韩秘书已经拉开车门下车，言蹊连忙跟上。

下了车，视野豁然开阔起来，林立的树木包裹着一幢看不到边际的建筑，瓦灰色的墙砖上雕刻着浮雕，攀附着卷曲植物，墙面上嵌着白色油漆的百叶木窗。言蹊白天的视力还不错，抬头可以看到高低错落的圆塔建筑高耸的锥形屋顶上的风向标。

言蹊诧异地张大了嘴，她实在是没有想到，在栖临还有这样华丽的建筑，说是城堡也不为过。

“沈先生的外祖父家在八十年代初，是栖临有名的商人，像这种海外华侨最喜欢把自己在海外见到的建筑样式带回国内。”韩秘书一边解释，一边打开那扇白色绘金漆的门，言蹊就算不记得这扇门，也记得门上的花纹……

这就是那个渣男的家！害她失业的那个男人,他们昨晚还见过。

言蹊晕乎乎地跟在韩秘书身后，韩秘书明显熟门熟路，进门之后就是玄关，铁栅栏隔开四五层的阶梯，通向黑色的大理石地面的客厅。昨天晚上言蹊就是在这里被朵拉吓了一跳，滚下台阶还摔了外卖……

言蹊想起来就不由自主地咬牙……

韩秘书已经快步向另一侧的房间走去，言蹊乖乖地站在铁艺复古置物柜边等待，没过多久，余光看见韩秘书领了个人过来。

“咦，是你呀？”一道脆生生的男声响起，言蹊疑惑地抬头，一个看起来十多岁的清瘦少年正鬼灵精怪地从韩秘书身后探头出来。

韩秘书严肃刻板地说：“既然你们认识，那我就不多介绍了。”

“嗯嗯，认识的！”少年点点头，朝言蹊眨眨眼睛。他长得很漂亮，眉清目秀的，顶着一头微乱的亚麻色卷发，白衬衫上套着一件灰色的小马甲，穿着同色系的西装裤，像一个小绅士，脸颊上有一个酒窝若隐若现，笑得开心极了。

言蹊蒙了，她好像……并不认识他啊！

实验室。

视讯提示音响起，沈岫栩漫不经心地伸手接通：“什么事？”

“没事不能和你唠唠嗑？”何遇漫不经心的声音响起，沈岫栩拿着工具的手一顿，但是很快恢复，没有接他的话茬。

自从父母去世之后，他有很长一段时间没有与外界联系。直到近几年何遇慢慢接手何侨霖的 NE 机器人公司后，才找上他。除了研究上的事情，他们很少联系，他基本上已经习惯何遇阴阳怪气的腔调。每次与他通话，何遇在外人面前所有的冷静自持都灰飞烟灭，转而变成一个乖张恣意的、头脑发热的问题少年。仔细想想，他俩好像从小就不对付，何遇更是每次与他见面，说话都要带点刺儿。

何遇见他不搭理自己，有些烦躁地站起身，背对摄像头，冷淡开口：“磁悬浮无人机提案通过，可以开始投入研发了……”

“嗯。”沈岫栩比他更加冷漠地回道，正要挂断，何遇语速极快地说：“听说刘姨辞职了，我给你找了个人，韩秘书应该已经带她到别墅了。是我朋友，很好相处的人，你不要给她甩脸子。”意识到自己语气里的针锋相对，何遇顿了顿，“最近我要出差，就算你不喜欢陌生人，也暂时忍着。”

沈岫栩没说好，也没说不好，径自挂断视讯电话，靠在椅背上长长舒了口气，揉了揉发胀的额角。他已经在实验室里待了十几个小时，身体早就有些疲乏。思索几秒，他决定暂时放下手里的研究，向实验室外走去。

正要走向客厅，却听到客厅后头的院子里传来说话声。他掉转步伐，穿过客厅的拱门，别墅后头是另一番天地。

右边靠墙搭建了一段青石板长楼梯通向楼上，墙面上还镶嵌着几排花架。楼梯正前方是一个矩形的小型水池，上边铺着木板供人通行。另一侧的玻璃暖房正对着客厅的玄关，暖房里边是一个露天花园，靠近暖房那一侧的围墙边栽着几棵大树，树下是原木长形桌椅。再往前就是花园，只是现在这个花园里，杂草丛生……

对了，花园一侧还有一个拱形花架，抬起头往上看，天空都被隔成四四方方的方块，花架上缠绕着繁茂的紫藤萝，已经好几年没有开过花了……沈岫栩神色暗淡地想。

沈岫栩循着交谈声缓步来到花园，在一樽半人高的捧盆天使石膏雕像前找到交谈的两人。远远看到林言蹊的身影，沈岫栩愣得脚步一顿。

等沈岫栩走近了，PAN先注意到他，正要喊，沈岫栩怕PAN说漏嘴，率先开口："叫哥哥。"

"是，哥哥。"PAN甜甜地叫了一声，林言蹊奇怪地看了他们一眼。

沈岫栩这才把目光转到言蹊身上，言蹊猛地生出一种紧张的情绪。

"沈先生，我是林言蹊……"言蹊话还没说完，就被PAN打断，笑眯眯地接道："桃李不言下自成蹊的言蹊。"

这句话是刚才言蹊向PAN介绍的时候说的，PAN继续道："以后就是言蹊姐姐照顾哥哥啦！"

言蹊浑身一震，有些不安地看了眼沈岫栩，毕竟前一天两人闹得实在不算愉快。一想到昨天自己大义凛然、不为金钱折腰的模样，林言蹊就恨不得撞死在旁边的石膏雕像上。

偏偏沈岫栩还说："你的工作范围还真是广泛。"

言蹊也不知道哪根筋搭错了，顺口搭腔："生活所迫……"

说完就有些心塞，脸噌地红到耳根，她抬眼看了看沈岫栩，他还是那副不近人情的模样，但是不知是不是她的错觉，他的眼底隐约有些笑意，只听他轻轻“嗯”了一句，掉头离开了花园。

言蹊不知所措地站在原地，有些拿不准沈岫栩的态度，又看了看 PAN，正好错过沈岫栩转过花架时，意味深长的一瞥。

他也有些意外，大概是没有想到短短的几天内，能和林言蹊撞见这么多次。

如果说这也算缘分的话，他们之间恐怕是孽缘。

第五章
Chapter five

择一城终老，遇一人白首。

在沈家已经近一个月。

就像韩秘书说的，言蹊和沈岫栩能打上交道的次数，屈指可数。

她总算是知道了什么叫作工作狂。还有，如果给宅男评级的话，沈岫栩一定是骨灰级别。

因为这大半个月里，他没有出过一次门，几乎所有的时间都泡在实验室里。如果不是固定的一日三餐，偌大的别墅里言蹊想要与沈岫栩打个照面都很难。

平时她只能和PAN或者朵拉交流，为什么是或者呢？因为他们总是交替出现在别墅里，今天是朵拉，那么PAN就不在；明天是PAN，朵拉就会消失踪影。

言蹊也感到好奇，分别问过他们，无一不得到“有事不在”这样的回答。想到韩秘书叮嘱过的“不该多问的不问，不该管的不要管”，久而久之，言蹊也释然了，可能这就是电影里常说的：有钱人家的神秘感。

但是言蹊也感到庆幸，幸好还有他们，否则她一个人在这么大栋别墅里，一定会憋得发疯。

言蹊胡思乱想的时候，保持着一只手握刀，一只手将一棵水灵灵的卷心菜压在案板上的动作。

朵拉站在一边的汤锅前，好奇地揭开盖子，另一只手里举着一本菜谱，皱着好看的眉，白净的脸上满是困惑：“适量、少许这种衡量方式一点都不科学，为什么不能直接标明毫克呢？”

言蹊回神，闻言哑然失笑：“没有哪一本食谱是会用毫克标记调味料的。”

“为什么不能精确到毫克？什么都有衡量标准啊。”朵拉温和的声音里满是不解，随手拿起一把长柄银汤匙举例，“你看这把汤匙，99.95% 的含银量，长度 19.48 厘米，重量 57.2 克，这些都是精确量化的数字，为什么调味料不可以？”

言蹊诧异极了，她被朵拉列举的一系列数字震住了，有些反应不过来。言蹊愣愣偏头看着朵拉，她今天穿着一身艳蓝色的英伦风长裙，乍一看有些像电影《爱丽丝梦游仙境》里的爱丽丝。

第一次见面时，她就觉得朵拉有些不像常人，而现在那种突兀感又悄然生了出来。朵拉就像爱丽丝，她是异世界的旅客，机缘巧合之下流落到了一个不属于她的世界。

与人类那么相似，却又迥然不同。

朵拉伸手在想得出神的言蹊眼前挥了挥："你怎么了？"

言蹊猛地清醒，向后退了一步："啊？"

"你还没有回答我的问题呢！"朵拉就像一个求知欲旺盛的学生，言蹊看得出来，她是真的在一本正经地询问这个在自己看来有些无理取闹的问题。

"因为……每个人的口味是不一样的，"言蹊接过她手里的汤匙在她面前晃了晃，"这个是死的，"又指了指自己和她，"我们是活的。"言蹊转过身，没有看到朵拉闪着光的眼睛。

言蹊舀出一勺汤，笑着说："如果你想知道盐量是否合适，你就尝一尝……"说着送到她嘴边。

沈岫栩从实验室出来的时候，正好看见这一幕，皱眉出声："可以开饭了吗？"

言蹊也不知道自己为什么听到沈岫栩的声音会如此紧张，惊慌转头，导致她手臂一动，直接将汤勺送进朵拉嘴里……

言蹊惊呆了，正要道歉，沈岫栩发出一声咒骂："该死！"

匆忙赶来的沈岫栩用力将言蹊拉开，她的腰撞在料理台上，左手手腕碰到滚烫的汤锅，火辣辣的刺痛令她惊呼出声："啊！"

伴随着她的惊呼声，朵拉“嘭”的一声倒在地上。

沈岫栩将朵拉抱起来，言蹊顾不上手腕的烫伤，跑到沈岫栩身边急切地询问：“她怎么了？”

沈岫栩始终不发一言，抱着朵拉就要往实验室冲，不一会儿就到了实验室外。

“你要做什么？现在应该送医院……”言蹊急了，她不明白为什么朵拉晕倒了，沈岫栩还要把朵拉带进实验室。

实验室是这栋别墅的禁区之一，韩秘书、朵拉和 PAN 都告诫过她，轻易不要靠近这边。

但是，此刻的言蹊显然忘记了这一点。

她亦步亦趋地跟在沈岫栩身后，看着沈岫栩挥开金属台上的各色零件，将朵拉放在上面。

“你干吗……”言蹊还没说完，沈岫栩转身拽着她的手臂，将她往门外推。

两个人推推搡搡，就像打架一样堵在门口。言蹊左手抓住门框，不愿意出去。这一段时间相处下来，她也了解到沈岫栩的一些怪癖，尽量不去触碰他的雷区，一直相安无事。但是她非常不能理解此刻沈岫栩的所作所为，有些焦急地问道：“你到底有什么毛病？”

沈岫栩用力地想将她的手扒开，眼神在触及她手背上的一片潮红时动作一顿，只一秒眼神又重新凌厉起来。

说不怕是假的，每当沈岫栩这么看着她，她的心就没有由来地发慌。

沈岫栩那副拒人于千里之外的腔调响起："韩秘书应该告诉过你，不要多管闲事！"

这句话就像是一道惊雷，劈在言蹊身上。沈岫栩顺势一推，她就踉跄着退到门外，实验室的门就在她面前关上。

沈岫栩清冷幽沉的声音透过门板传出来："玄关的置物柜里有医药箱，自己处理下。"

言蹊站在门口许久都回不过神来，半晌才面无表情地转身，回到厨房。她将撒出来的汤一点点清理干净，将剩下的几道没做完的菜做好，放进保温箱里。

做完这一切，言蹊悄悄离开了别墅。

实验室里，沈岫栩正专心致志地将朵拉胸腔内烧毁的电路板替换下来，PAN 已经将系统连接在主机上。

"她走了。"没有感情的金属电音响起，沈岫栩的全副心神仍然在接驳的两根电线上。PAN 在电子屏幕上调出一个视频窗口，视频画面是灰白色的，好像是哪个路段的监控视频画面，因为黯淡的天色而模糊不清。

"外面已经天黑了。"PAN 说。

沈岫栩仍旧沉默着，PAN 根本察觉不到尴尬，继续说："她明天还会不会过来？"

PAN 虽然是机器人，但是它的程序里有沈秉衡设计的智能模拟系统，现在提出的这个问题，仅仅是对于今天晚上发生的事情分析之后的一个猜测，包含了一些可能性的分析。但这个分析却让沈岫栩停下手上的动作，他修长的脖颈像是被压住了，弯成一个僵硬的弧度，他心里有些以前从来没有过的情绪在慢慢地滋生。

“有人陪伴”这个词语离他实在是遥远，而那些称得上温馨的记忆，就像是尘封于平静如水的湖面底下的淤泥。林言蹊的到来，则是给快要封窖起来的湖面洒下了一丝阳光，微弱的光芒渗透进浑浊的水面，不停向下……

但是，还是够不着。

这个世界上，已经没有人喜欢他了，也不会有人能忍受他这样反复的拒绝。

“言蹊姐姐是个好人。”PAN 又说。

沈岫栩心中生出一点嘲笑，什么是好人什么是坏人，他分不清。他只知道，他见识过的那些伪善的面孔，已经让他不敢再轻易地去做判断。

但是不管怎么样，这一个月，那个女孩小心翼翼的靠近、战战兢兢的关心确实令他觉得……时间好像没有那么悠长。

“把那条路上的灯光调亮一点……”沈岫栩幽幽开口，PAN 很快反应过来，立刻执行他的命令。

言蹊骑着小电驴全速向前，想要趁天色还没有全部暗下来赶紧离开这条路。这条路上的路灯实在是太暗了，这对于患有夜盲症的她来说，简直就是一个严峻的考验。

正这么想着，头顶上的路灯忽然亮了好几度，言蹊下意识地抬起头，长长的马路上，路灯一盏一盏向前传递，变得明亮起来。

言蹊顿时乐了，想着路灯管理者终于良心发现，乐呵呵地骑着小电驴，在沈岫栩家累积的那些郁闷，瞬间烟消云散。

沈岫栩正好处理完最后一个短路的零件，抬起头看了眼屏幕，正好瞅见言蹊骑在小电驴上摇头晃脑的样子，嘴角不自觉地漾开一抹浅浅的笑容。

沈岫栩想起有一段时间，言蹊总是喜欢盯着自己吃饭。每当他放下筷子，就能接收到她炯炯的目光，直看得他不自在地用眼神询问她有什么事。

这时候，言蹊就会趴在桌边，用一种渴求的眼神询问：“怎么样，好吃吗？”

他要是不回答，那就别指望能好好吃饭；如果敷衍地回一句“还不错”，她能乐一下午。

她好像总是这样，特别容易满足，也很喜欢笑。

而她一笑，就像在你的胸口燃起一簇火苗，让你打心底里感觉到暖和。

言蹊没多久就来到了展信佳家，她这一个月基本上都在展信佳家里留宿，因为展信佳的家离沈家“豪宅”更近。言蹊以工作为由，向家里提出要在外面和展信佳住。林父乐呵呵答应了，连连表示理解，说“要以事业为重”；林母颇有微词，但是也被林父喝退。

还有一个原因，就是何遇近期要筹备一个“磁悬浮无人机”的新项目，忙着各省飞，比治水的大禹还要忙！用展信佳的话来说就是——人家大禹至少还能过个家门，何遇连个影子都看不到！

于是展信佳一气之下，将言蹊接进家门。

言蹊进门的时候，展信佳正背靠着沙发，盘腿坐在地毯上打电话，她听到动静扭头笑着冲言蹊摇摇手机，言蹊点点头示意不用管自己。

展信佳又扭过头去，继续没说完的话题：“刚说到哪儿了……哦，对，就是我发小他爸，之前谈了个空姐，送了她两套房子，好了有两年多……”说到这儿，展信佳一改看热闹般的轻快语气，忽而变得幽深，“后来就有些戏剧化了，这件事被原配发现，原配是学经济的，用法律手段把送的房子要回来，不仅让小三背负八百多万债务，还让他爸净身出户……”

何遇被她说的事情瘆到了，在电话那头反问：“你没头没脑地跟我说这个干吗？”

言蹊倒了杯水从厨房里溜达出来，正好听见这番对话，想起那个捅了前男友十几刀，刀刀避开要害的医科女生。以她对展信佳的了解，她瞬间就明白了展信佳的“深意”。

果然，展信佳恶狠狠道：“我就是想借此警告你，偷吃没有好下场。”

言蹊从她身后凑上来，补了句：“友情提醒一下，她也是学经济的。”确切地说，展信佳还是以专业第一的成绩毕业的，要不是她上头还有两个哥哥撑家业，恐怕栖临要多一个叱咤商场的女强人。

何遇在电话那头冷汗涔涔……

过了没多久，展信佳挂了电话，情绪有些低落，“哐”的一声把手机砸在茶几上，低声喃喃：“是不是像个神经病？”

“怎么了？”言蹊绕过沙发，将泡好的柠檬水搁在茶几上，在她身边坐下。

展信佳顺势将脑袋搁在她的肩膀上，叹了口气：“他不在身边的时候，我总是会很慌……我太没有安全感了。”

言蹊不能理解那种感受，于是没有说话，展信佳突然说道：“蹊蹊，其实有时候我挺羡慕你的。”

言蹊不明白她的意思，在言蹊心中，展信佳才是那种所有女孩子都会羡慕的人，因为她所拥有的一切，看起来都那么好。但是言蹊知道，徐择一走后，有一种不安感实实在在地在展信佳的内心扎根。

徐择一是展信佳的初恋，一个劈腿后抛弃她，远走他乡的初恋。

大概是因为一朝被蛇咬，十年怕井绳。

而所谓的安全感……

有人说安全感是自己给的。

言蹊觉得，其实不安感，也是。

展信佳自顾自地说："有时候我就想啊，一个人挺好的，不担心有人来，也不害怕有人离开。但是我不行，我不能接受一个人……我需要知道他不会走，会一直一直在我身边，陪我走下去。"

言蹊哑然失笑，她想起大学时，两个人在宿舍的天台上聊天，沐浴着星光，展信佳仰着头，说自己此生最大的愿望：择一城终老，遇一人白首。

"看到曾经的同学好友陆陆续续找到另一半，恋爱、订婚，甚至结婚，而你始终独身一人的时候，是一种什么样的感觉？"展信佳问，言蹊还没来得及思考这个问题，她又接着说，"就像考试的时候，看着别人提前交卷纷纷离场时，就想要上去摇着他们的肩膀问问：'你们真的不再检查一下或者等我一下吗？'大概就是这样的感觉吧。我坐在原地万分焦虑，但实际上呢？我照样束手无策。"

展信佳头顶着她的颈窝蹭了蹭，难得地还讲了个笑话，但是言蹊感受到有温热的液体顺着脖子流淌。她的声音闷闷的："你说，当你生命中注定的这个人出现时，如果上天能够给予提示，该多好。那样的话，既不会犯过错，也不会错过。"

言蹊垂眼，脑海中莫名浮现出那一片洋苏草花海，在蓝紫色的尽头，有一个影影绰绰的背影……

狭窄的走廊里，何遇收起手机，脸上露出一丝无奈的笑容。想了想刚才电话里的威胁，脑海里自动浮现出展信佳张牙舞爪的模样，有些好笑又有些心疼。指尖微动，展信佳的电话备注变成了“展大魔王”，他满意地不住点头，转身差点撞上身后的人，手机也从手里滑落。

“不好意思。”何遇头也没抬，一边迅速捡起手机检查，一边向外走去。

没走几步，身后传来一个略带调笑的女声：“不打算和老朋友打声招呼？”

何遇脚步一顿，扭头看见女人抱臂半倚在走廊上，流泻的长发遮掩下只露出一截小巧精致的下巴。她抬手将头发别到耳后，掀开眼帘似笑非笑地看着他。

何遇眉头紧锁，手指不自觉地攥紧手机：“周密？”

听到他叫自己的名字，周密忽地笑开，眼角那颗泪痣分外扎眼。她几步上前迅速扎进何遇怀里，手臂随之紧紧揽上他的腰。何遇脊背瞬间僵直，周密似未察觉，低声喃喃：“你还记得我这件事，真令人振奋。”

何遇的手刚刚触上她的肩膀，周密的侧脸在他肩膀处蹭了蹭，微凉的发丝蹭得何遇头皮发麻，闷闷的声音从胸口处传来，眷恋中带着点委屈：“我很想你。”

来信提示声同时响起，屏幕骤亮：展大魔王来信。

——什么时候回栖临？我想你了。

第六章
Chapter six

我的小王子，
让这个勇敢的骑士拯救你好不好？

沈岫栩走在长长的好像走不到尽头的通道里，周遭一切都笼罩在压抑的黑暗之中。

他知道这是在梦境之中，他常常做这样的梦，有时候是一望无际的黑暗，有时候有浑身裹着光亮的人从他身边跑开。他看不见他们的样子，触碰不到他们身体。他们欢声笑语着，恍若不觉地从他身边匆匆而过。

这样的梦境很压抑，每次醒过来，他都觉得胸口一阵难受。

走了一会儿，他察觉到脚下有不同以往的柔软触感，发出“沙沙”的声音。他蹲下身，摸到了茸茸的草地，眼前忽然亮起来，他左右看了看，这儿是别墅后边的花园。

有风吹过，一片片粉红色的小巧花瓣飘至他的手心。他顺着风吹来的方向看去，玻璃房边上的晚樱树上缀满了粉色的花蕾，被吹落的花瓣正随着风的轨迹在半空中盘旋。

顺着风飘过来的，还有一些轻微的说话声。

“Estella（艾斯黛拉），小王子一个人生活在城堡里会不会饿死啊？”稚嫩的童声响起。

“不会，城堡里有很多仆人。”被称作 Estella 的女人温声细语地说。

“那他会不会觉得冷呢？”孩子又问道。

“不会，仆人会给他准备最精致的衣服，还有天鹅绒斗篷。”Estella 的嗓音里满是笑意。

“那他有没有……”孩子不依不饶。

“好了！小精灵鬼，这是我的故事，你再问问题，我就不给你念了！”Estella 颇有些恼羞成怒的味道。

“好吧好吧，那城堡里来了个骑士，后来呢？”小孩妥协，小大人一般地挥挥手。

“唔……让我想想啊，城堡里来了个骑士，穿着帅气的铠甲，拿着锋利的宝剑，踩着城堡外金砖堆砌的阶梯，目不斜视地推开了镶嵌着宝石的大门。小王子坐在城堡里，看见骑士的第一眼就愣住了，因为骑士是一个女孩……”

“骑士怎么能是一个女孩？！Estella，你骗人！”小孩涨红了脸，挥动着胳膊，不服气地嚷嚷，“应该是像我这样帅气又有正义感的男孩子，才配得上那么帅气的铠甲和宝剑！”

Estella“扑哧”一声笑了，这时候才看到一边的沈岫栩，笑着将他拉起来，手指温柔地揩去他脸上的泥垢：“我的小王子，你说，让这个勇敢的骑士来拯救你好不好啊？”

“嘿？沈先生？沈先生……”

沈岫栩迷迷糊糊地睁开眼，言蹊放大的脸悬在他的上方，他下意识向后退，脑袋陷进柔软的沙发里。

“你怎么在这儿睡着了？”言蹊问。

沈岫栩从沙发上坐起来，活动了一下僵硬的脖颈，恍惚想起昨晚他似乎是在沙发上看着书就睡着了。

言蹊将掉在地上的薄毯捡起来，四四方方地叠好放在一边，抬起头看见他正用修长白皙的手指按压着太阳穴。

“头疼吗？”

“你怎么来了？”

两个人同时发问。

言蹊被他这个问题问得一愣，有些摸不着头脑，讷讷道：“我来……上班啊……”

心里却惊疑不定地想：不是吧，不会是因为昨天的事情要辞退我吧？难道我又要迎来新一轮的失业吗？

沈岫栩听到这个回答，不由得抬头看了她一眼，眼神中有几分令人难以捉摸的意味深长。言蹊见状心里更忐忑了，浑身僵硬，像一只被踩到尾巴，警惕得全身的毛都竖起来的猫儿。

过了几秒，沈岫栩终于收回视线，言蹊才觉得那股压迫感渐渐褪去。

沈岫栩淡淡地说：“我饿了。”

“我马上做饭！”回答之快，语气之狗腿，令言蹊自己都有些微微汗颜。沈岫栩没什么多余的表情，轻轻点点头。

言蹊做的是三明治，所以很快就好了。

沈岫栩接过盘子的时候，忽然问道：“你吃过了吗？”

“呃……吃过了。”言蹊犹豫着说，其实她还没有吃早餐，但是她记得每次沈岫栩吃东西的时候，朵拉都会等在一边，言蹊潜意识里认为他不喜欢有人和他一起吃东西。

一阵诡异的安静，气氛略有些尴尬，偏偏沈岫栩毫无察觉，自顾自地吃着三明治。言蹊的肚子却在此时不争气地一阵鼓动，毫不留情地拆穿她的“谎言”。

言蹊尴尬极了，像被施了定身术，定在原地。她想，说点什么吧！真是太丢人了！

沈岫栩骨节修长的食指推着白色的餐盘，送到她面前。

言蹊一时没有反应过来，瞪着眼睛看着那只手指，皮肤白皙，指甲被修剪得干净整齐，衬着洁白的餐盘，显得矜持又冷清。

沈岫栩没有看她，淡淡地收回手。言蹊这时候才意识到他是分了一半早餐给自己，结结巴巴地说：“谢……谢谢。”

她捧着三明治，香气扑鼻而来。

沈岫栩余光看到她眼睛不自在地左右瞄了瞄，“哇呜”咬了一口三明治，脸颊就鼓成一个小山包，活像一只提防别人抢食的贪吃小仓鼠。强烈的画面感令他不自觉发笑，注意到言蹊望过来的视线他又连忙收敛笑容，一不小心却岔了气，咳嗽起来，言蹊赶紧将茶几上的水杯递给他。

沈岫栩不知是该懊恼自己的想象力太丰富，还是该怪面前的女孩太可爱，忍不住瞪了言蹊一眼。

只是他雾蒙蒙的眸子，还有苍白脸颊上因为咳嗽泛起的薄红，怎么看都有些……令人遐想。言蹊眼神发直地瞅着他，脑海里瞬间浮现出不纯洁的遐想了，脸也跟着噌地红了起来。

言蹊在心里唾弃自己的不坚定，居然会被“美色”勾引！太不应该了！

她赶紧低下头不去看他，束手束脚地站在那儿，眼睛到处乱瞟。

咦……那是什么？

言蹊瞥见沙发边倒扣着的牛皮本，身体不由得蹲下去。那是一本手工制作的牛皮本，大概是因为时间久远，牛皮上有些斑驳的划痕，封面上花样繁复的银扣也有些微微发黑，里面夹着参差不齐的泛黄纸张……

言蹊手指抚摸着书皮右下角刻着的单词，顺着金色的纹路，慢慢念出来：“Estella？”

坐在沙发上的沈岫栩微微一愣，捏着玻璃杯的手指收紧，他合上眼皮，不让一丝情绪泄露出来，声音却沙哑又干涩：“我母亲的名字，是星星的意思。”

言蹊恍惚想起，他的母亲……好像已经过世了。心里略微有些抱歉，暗自懊恼不应该勾起他的伤心事。

沈岫栩别过头去，不愿意看她。

他身边的人都把这个话题当作禁忌，每每在他面前不小心提起，都好像犯了天大的错误，生怕勾起他的伤心。那些人脸上战战兢兢的表情，活似他是脆弱得能够被一句话击碎的玻璃人一样。

——真可怜啊，这么小的孩子，你爸妈真是狠心哦……

记忆里，那些围着他的亲戚滔滔不绝地说着。

沈岫栩在心里嗤笑，他根本不需要那些虚伪的同情心，更没有什么需要被可怜的。

那些小心翼翼的同情、口是心非的安慰，才是真正扎在他心上的刺，让他时时刻刻清醒地认识到：这个世界上……真的就剩下他一个人。

言蹊蹲在地上，仰着头看着那个一向没什么表情的清冷男人。此刻他陷在沙发里，头撇向另一边，轮廓锋利的侧脸上有难以掩饰的隐忍，脸颊的肌肉也因为咬牙微微颤抖……

腿部因为蹲久了有些酸麻，那种针扎一样的刺痛顺着缓慢流动的血液，慢慢传递到心脏……

“As all fairy tales do，this story begins with the simplest of words：once upon a time……（正如所有童话故事一样，这个故事也是以‘很久很久以前……’这样极为简单的话语开篇。）”言蹊垂着脑袋，缓声念着扉页上书写流畅的花体英文。

沈岫栩闭着眼，她的声音就像珠玉落盘一样清脆，他慢慢掀起眼皮看过去。

言蹊坐在地毯上，没有扎入低马尾的碎发凌乱地散在脸颊边。她抬头，发丝顺从地向后滑落。她像是发现什么有趣的东西，弯着双眼笑问：“这是童话故事？你的妈妈，是像安徒生那样的织梦人吗？”

女孩微微仰头，眼睛澄澈又明亮。

他透过她干净的眸子看见自己脸上有一种能够令人沉溺的温柔。

秋末，金灿灿的阳光透过屋侧的花窗洒在脸上，令人微微醺醉。

很多年后，沈岫栩一直清楚地记得这个早晨。

他将这一瞬间保存在画布上。

每次看到，眼里、心里，都软得一塌糊涂。

别墅西边的塔楼是画室。

画室里弥漫着一股淡淡的松节油味道。

沈岫栩坐在画架前，拿着一支小号的勾线笔细细勾勒。

最后一笔落下，他满意地打量眼前的画。

画布上有丰沛的阳光、被风鼓动成海浪纹路的窗帘，不远处的树梢上的花瓣随风卷落，还有那个半仰着头坐在地毯上的人……

一切的一切，美好得不成样子。

人的记忆就是这样，对于不好的东西，一被触及就像是做了一场可怕的梦魇；而好的画面，则被美化得更美好。

他将画笔收回画箱里后，走到窗边，推开玻璃窗，一阵暖意扑面而来，白色的纱窗跟着远道而来的风一起飘荡。

一阵轻轻的哼唱声飘荡在空气中，别墅里已经很久没有人这样哼着歌，沈岫栩的手指不自觉地跟着旋律在窗柩上敲打，他顺着歌声望过去。

别墅整体呈现一个凹字形，左右两边的塔楼稍高，突出的楼顶上都有一个很大的天台，言蹊此时正在左边的天台上。

言蹊稍稍费力地踮起脚，将刚洗好的床单挂在绳子上，口中无意识地唱着歌：“……Sometimes I just wonder and I’m not tall enough to reach the sky……Could you tell me was lost and find in my life……（有时我只是好奇，我不够高，无法到达天空……你能否告

诉我，我的生活如何在迷失后又豁然开朗……）”唱到不记得歌词的地方用轻轻的哼唱代替。

这首歌是一部电影的插曲，言蹊在听到旋律的瞬间就喜欢上了。

她从篮子里又拿出来一床被单，洗衣液的淡淡花香味萦绕在鼻尖。她双手抓着被单的两端，朝上展开，趁着被单还在半空中飘扬时，张开双臂抱住，一边警惕着不要掉落到地上，一边咋咋呼呼地蹦蹦跳跳，完全没有想到这一切已经被高处塔楼上的人尽收眼底。

言蹊提着篮子蹦蹦跳跳地从楼上下来，在二楼楼梯口正好撞见从塔楼下来的沈岫栩。

“沈先生。”言蹊笑眯眯地叫了他一声。

朵拉和 PAN 最近都没有出现在别墅里，言蹊基本上负责了别墅中的大小事务。

而在言蹊心目中，最值得庆贺的一件事情就是：经过这段时间的努力，沈岫栩终于不再对她视而不见。偶尔她壮起胆子和他说话，他也会回答。

沈岫栩的步伐慢下来，擦身而过的瞬间，他停下脚步：“歌很好听。”

“嗯？”言蹊不解地看着他的背影，心想，歌很好听？我什么时候唱歌给你听了？

转身时，篮子撞到小腿，她猛地想起，在天台上时自己好像有哼歌……难道被他听到了？

言蹊瞪大眼睛，啃着指甲绞尽脑汁地回忆着，完了完了，有没有跑调来着？

沈岫栩捧着一本书，斜倚在书架边的楼梯上。言蹊靠在书桌上，将散落的书本一本本摞起来，总往身后瞟的眼神却暴露了她的心不在焉。

沈岫栩手指摩挲着凹凸不平的纸面，趁着翻书的间隙，眼神斜斜向下一瞥，果然看到言蹊快速转过脸，手上的动作不停，装模作样地晃着头。

嗯，紧绷着脸，神情专注严肃，脊背挺得笔直，没有偷看。

沈岫栩在心里哼笑一声，起先他并没发现，视线偶然扫到言蹊，她就跟准备偷奶酪的小老鼠，警惕得一副严阵以待的模样，又要装作不动声色，只是这蹩脚的演技……实在是滑稽搞笑，很大程度地取悦了他。他玩心大起，也跟着玩起了这种《猫捉老鼠》的游戏。

什么时候我也这么幼稚了？沈岫栩摇摇头，颇有几分无奈的味道，又向下瞅一眼，顿时哭笑不得。

书桌上的书已经被她摞到胸口那么高。

言蹊机械性地搜罗桌面上的书，自己也不明白为什么心慌极了，余光瞥见沈岫栩朝这边走过来，更加手忙脚乱。

沈岫栩将手中的书压在那摞书上，阻止她继续给自己强行增加工作量的行为。言蹊原本还有些莫名其妙，在看到近在咫尺的麻色硬壳书时才醒悟，什么时候书堆得这么高了？

美色害人啊！言蹊在心中暗骂，讪讪地望向沈岫栩，他脸上带着一些戏谑，薄唇微启：“大力士？”

言蹊赌气，费了老大劲硬是将一摞书托在手上，下巴尖压在最上边，凹凸不平的质感擦得她有些痒。

好重！言蹊心中只有这两个字。但是她不能示弱，抬眼睨视沈岫栩，不可一世极了。

不管看起来多狼狈，但是人格要有两米一！

殊不知，她弓着脊背、抻着脖颈、左摇右晃的这副模样在沈岫栩眼里，活似一只呆头呆脑的小黄鸭。

沈岫栩好整以暇地抱臂，看着她吃力地从最下面一本书开始照着书架分门别类地整理。

言蹊能够感受到他的目光，如芒刺在背。

这一趟下来，言蹊把整个书房都跑遍了，书房里的书籍涵盖的范围令言蹊叹为观止。

言蹊左手抓着一本画册，右手拿着刚才沈岫栩看的那本《月亮与六便士》，只看了一眼，瞬间就挪不开视线。原本还气鼓鼓的她一下就泄了气，转身冲他感叹道：“这是 1919 年初版的原版哎！”

沈岫栩愣了一秒，才点了点头。

言蹊有些不好意思地抓紧手里的书，一副欲言又止的犹豫模样，有些难以启齿。

爷爷林音生也喜欢收藏书籍，以前的老房子里有一个大书柜，多的是比林音生年纪还大的书。受林音生的影响，言蹊对这种墨迹、纸张都流淌着岁月痕迹的书籍也有一种偏爱。

“这个……可以借给我看吗？”她嘴角耷拉着，可怜兮兮地看向沈岫栩。

沈岫栩定定地看了她几秒，咻地别过脸去。

言蹊以为他这是拒绝的意思，也是，以前她去翻爷爷的书，爷爷也老拿烟斗敲她的手背。

这么想着，言蹊的肩膀就垮了下来。沈岫栩的视线从她脸上划过，那瞬间变化的表情令他不快，他尽量平复心中的波动，淡淡道：“想看就看吧，没什么大不了的。”

“真的啊！”言蹊眼睛里瞬间有了光彩，笑得甜腻腻的，还不忘适时地拍马屁，“沈先生，你真是个好人！”

沈岫栩认真地看她一瞬，从眼睑到鼻梁再往下，忽然很想伸手过去摸摸她的头……

这个想法刚冒出来，他自己就被惊到了，耳朵上登时泛起一阵潮热，脸上也浮出一丝稍纵即逝的不自在表情。他收住蠢蠢欲动的手，掩饰性地盖住嘴角，掩耳盗铃一般地又说：“想看什么书就自己拿。”

言蹊重重点头，心中欣喜。

别墅里的又一个房间对她开放，她觉得自己就像超级玛丽一样，靠解锁一个个关卡靠近终点。

终点是什么呢？言蹊瞥一眼还保持着扭头动作的沈岫栩，被自己的想法惊了一下，赶紧收回视线。她胡乱地将左手那本画册塞回书架，眼神慌乱地在书架上搜寻。

与那本画册比邻的是一排心理学方面的书，视线撞上书脊上标着日文的书，依次看到“症候群”“天才”“自闭症、创造性”几个词，中间掺杂着一些日文符号。

“咦，还有心理学的书？”言蹊纳闷，心里却有些抓狂：沈岫栩是机械能手，美术也颇有心得，对一些她叫得上叫不上名字的乐器还很拿手……这都算了，难道他在心理学领域也有造诣？这还让不让人活了！

难道这就是天才和普通人的区别吗？言蹊郁闷地瞅他一眼，说不出的幽怨。

就是这一眼，言蹊却被他蓦地转冷的表情惊到。

“不知道是谁的。”沈岫栩那副冷冰冰的调子又出来了，说完头也不回地向书房外走去。

这是怎么了？言蹊愣在书架前，有些不知所措。她又仔细打量头顶的那一排书架，最边上有一本厚厚的硬壳书，没有名字，言蹊好奇地将它抽出来。

居然是一本相册。

言蹊一边翻一边挪下楼梯。

第一张是一个男孩规规矩矩地坐在高脚凳上，眼睛低垂着没有看镜头，稚气的小脸上有别扭的老成。

言蹊瞥了眼右下角的时间，算算应该是在沈岫栩五六岁的时候照的，她心里发笑，伸出手指戳戳照片里的小孩的脸颊，原来他小时候就这么严肃。

继续往后翻，一张三人合照夹在里面。言蹊将照片拿起来，一个女人，两个小孩。

仔细一看，她整个人都惊呆了。脚下一个踩空，失去平衡摔下楼梯，踉跄中有只带着凉意的手捉住她的手臂，一股难以挣脱的力道托住了她。不稳之下撞进他的胸口，她另一只手抓着相册，相册的尖角磕在她的下巴上，尖锐的疼痛激出一丝泪意。

脸颊传来丝丝温热，淡淡的洗衣液香味混杂着一股独特的气息蹿入鼻尖，伴随着胸腔的震动，沈岫栩冷清的声线传入耳郭："你在看什么？看到路都不会走了？"

言蹊回神，在他的支撑下站起来，惊魂未定之下又想起刚才那张照片。她下意识向后急退了一步，腰部撞上楼梯扶手，疼得她一蹙眉，沈岫栩的目光落在她护在胸前的相册上。

"谁让你看这个的？"沈岫栩的怒气来得十分突然，一把将相册抽过去，翻开的那页正好是他在弹钢琴的照片，他又迅速往前翻了几页，这才舒了一口气。

言蹊讷讷："你说随便我看……"

"不要跟我钻空子，玩文字游戏！"他一只手捉着她的手腕，逼近言蹊，刀子一样凌厉的目光直直扎进言蹊的瞳孔，像豹子逐步缩小目标猎物的包围圈。言蹊惊慌失措地向后退想要避开，但是身后是楼梯栏杆，避无可避。

沈岫栩注意到她泛红的眼眶，还有睫毛上的湿润，意识到自己的失态，放开她的胳膊向后退了一步。

随着他的离开，那种压迫感也逐渐消弭，但是言蹊仍然不敢放松，整个人像被钉在原地，不能动弹。

她不敢看沈岫栩，知道身前的人还没有放过她。他将她笼罩在一小片阴影里，虽然没有发出任何声音，但是目光还在她的脸上逡巡，像是审视，令她有些害怕。

半晌。

“我说过，在这里收起你的好奇心。”他幽幽地说，喑哑的嗓音里饱含着警告，“我可以给你最大限度的容忍，但是你不能肆无忌惮地触底。”

第七章
Chapter seven

此刻，我非常想念你。

梦游熟处。

一枕啼秋雨。

秋雨淅淅沥沥。

七点整，搁在床头柜上的手机准时响起：“呀啦索，那就是，青、藏、高——嗷嗷嗷嗷——”

展信佳猛地从床上弹起，睁着迷茫的眼睛半晌都没有反应过来，坐在床上晃着脑袋摇摇欲坠。

手机还在孜孜不倦地闹腾：“我看见一座座山……一座座山……”

接连几个声势浩大的“一座座山”又将她惊醒。

展信佳绝望地扑到被子上哀号：“何遇，我去你大爷！”

昨天晚上，何遇突然告知她第二天早上回来的消息，航班于八点半钟到达机场。

在何遇的怂恿下，展信佳将《青藏高原》设置为闹钟铃声。

于是就有了早上的一幕，现在她别提有多后悔了！

展信佳摇摇晃晃到卫生间洗漱，弄得差不多时，路过言蹊的房间顺眼一瞥，高高隆起的被子里裹着一团人影……

都这个点了，以林言蹊这种爱岗敬业的劳模性格，她不早该起床了吗？

展信佳不敢置信地扑过去，拍了拍缩成蛹状的林言蹊：“蹊蹊？”

没有反应，展信佳又喊了几声，手扒拉开被子，拍了拍她的脸颊，刚一靠近就感觉到一股不正常的高热。

展信佳急了，直接坐在床沿上，叫她：“蹊蹊？”

“嗯？”言蹊反应有些慢，拖长的音调里带了些鼻音，“你怎么在这儿？几点了？”

明显她还是迷糊的，展信佳的手顺着掀开的被子缝隙伸进去，触手就是滚烫的温度，还有一把汗。

不会发烧了吧？展信佳皱着眉想。

用被子将言蹊严严实实裹住，只露出一张带着红晕的小脸，展信佳又急急忙忙跑出卧室拿了支温度计，擦干净塞进言蹊嘴里，做完这一切，又学着电视剧里那样从洗手间拧了条毛巾搭在她的额头上。

这期间，言蹊都没有醒，任她摆弄。

隔壁卧室的手机铃声响起，展信佳觉得自己真是忙死了。

何遇轻快的声音传出来："亲爱的，我已经到了，你在哪儿呢？"

糟糕，忘了还有这茬！展信佳扶额，咂了咂嘴，难办了！这事是她理亏啊！

温度计发出"嘀"的一声，时间到了，展信佳有些头疼，拿起温度计看了一眼，顿时惊出一身冷汗。她什么都顾不上了，冲电话里干巴巴地逞凶："本宫现在没空搭理你，蹊蹊发烧了，你自己麻溜点滚回来。"

何遇还没从她气势汹汹的语气中反应过来，下意识"喳"了一声，电话就被挂断了。

他瞪目结舌地望着手机，"展大魔王"几个字已经消失，咬牙道："我天，到底谁是你对象啊？"

他一气之下，将展信佳的备注改成——蛇蝎心肠的皇后凉凉！

挂了电话后，展信佳扑到林言蹊身上晃了晃："蹊蹊，蹊蹊赶紧起来。”

“啊……”言蹊眼睛睁开一条缝，“几点了？”

“甭管几点了，你发烧了！39度多啊！”

哦，原来是发烧了啊！言蹊心想，难怪自己感觉浑身发冷，整个人都有些昏沉沉的，还有些想吐。

言蹊皱着眉头看起来很不舒服的样子，她急喘几口气，嘟囔了一声：“我要上班啊……”

“上个屁啊！你都快烧死了！”展信佳顾不上骂她，把被子掀开拽着她的胳膊，吃力地把她扶起来，拿过衣服不管三七二十一就往她身上套，“咱们得马上去医院！”

“可是……沈先生那儿没人……”言蹊哼哧了一声，声音渐渐低下去。

“什么？”展信佳没听清，又凑近了一点，对方却已没了声息，定睛一看发现刚刚还磨磨叽叽的人已经皱着通红的脸昏睡过去。

展信佳不敢再耽误，手忙脚乱地把她搀扶下床，艰难地把人背到背上。

沈岫栩是被饿醒的。

最近这几个月，他在言蹊的悉心照顾之下，变得三餐饮食规律，不准点吃饭胃就跟造反一样。

当他看到干干净净的厨房时，沈岫栩就意识到言蹊今天可能没有来。但他还是不死心，找遍了整个别墅言蹊可能在的地方，仍然不见人影。

沈岫栩蹙眉打开冰箱，里面摆放着满满当当的各种食材。

他不自觉想起言蹊说过的：“一个人吃饭多没有意思啊！一日三餐就应该是大家围着桌子，挑自己喜爱的事物，偶尔提起饭前发生的趣事。这不仅仅是为了生存所要完成的任务，而是促进朋友、家人之间，彼此亲密无间的一种交流方式。”

这是一种很新鲜的说法，从来没有人这样告诉过他。

自从父母去世之后，他的生活就变得一团糟。在那些所谓亲戚的家里，他机械性地将饭菜一点一点塞进嘴里，看着满桌心思各异的人，他也曾忍不住在内心发问：“人为什么要坚持一日三餐呢？”

《人间失格》里说：“一家老小，一日三餐，在规定的时间内聚集到一间阴暗的屋子里，井然有序地并排坐着，不管你有没有食欲，都得一声不吭地咀嚼着，还一边伛着身躯埋下头来，就像是在对着蛰居于家中的神灵们祈祷一样。”

年幼的他不明白那种仪式感，但是从那些飘忽的、刻意掩藏的、不怀好意的窥探目光里，他知道，这不过是一场以利益为前提的、带有目的性的“聚会”。

就像《最后的晚餐》那幅画，所有丑陋，无所遁形。

大家看似一本正经的面孔下，掩藏的是像肮脏的洗漱池里纠缠成一团的破抹布一样的内心，和长年累月积攒的油垢里滋生出的病菌，而这桌上丰盛的食物，不过是为病灶提供养分的必需品。

但是在此刻，他竟然有些想念那个好像有用不完的活力的女孩。

他看了看灰沉沉的天空，忽然觉得，别墅实在是太大了。

言蹊在挂了好几瓶生理盐水之后，终于醒过来。

她睁开眼睛就看到坐在床边摆弄手机的展信佳。

“我在哪儿啊？”她的喉咙很干，嗓音十分沙哑。

“你终于舍得醒了啊！”展信佳刚好编辑完短信，顺手点击发送，然后拿了床头柜上的水杯送到言蹊嘴边。

言蹊微微坐起上半身抿了一口，喉咙里那种火烧火燎的感觉总算缓解了一点。

展信佳摸摸她的额头，自言自语：“好像退烧了……”

“现在几点了啊？”言蹊问。

展信佳翻了个白眼：“你别管几点了，好好养着吧。我已经发了短信过去帮你请假了。你呀！真是劳碌命！”

言蹊瞥了眼枕头边的手机，有一种不太好的预感。

工作室里。

PAN 坐在工作台上眼神定定的，身后连接着数不清的电线。身后的沈岫栩若有所思地看着手机，上面是来自言蹊的短信。言蹊在短信里解释说自己因为生病，没有办法来上班……

PAN 的眼睛里闪过一道精光，机械的声音响起：“根据数据库对比分析，语气相似度百分之三十七。”

沈岫栩没有反应，虽然睁着眼，但是眼神找不到焦点，像在看着什么地方，又像只是漫无目的地盯着一处。

他也看得出来这条短信语气不太对劲，但是他没有办法和PAN解释这个问题。因为有时候人的心思，是没有办法用单纯的数据来推测的。

就像他没有办法和言蹊说明PAN是机器人这一事实。

他想起言蹊抱着书离开书房那一瞬受伤的眼神，他的心不受控制地颤抖了一下，他不明白这样的感受，只能无助地捂着胸口，眉头紧锁。

PAN见他这个模样，没有神采的眸子里闪烁着懵懂，他在数据库里来回搜索，找到几段标记着“Estella”的视频，挑了其中一段播放出来。往常沈岫栩难受的时候，他都是这样做的。

大屏幕上，Estella的身影来回闪现……

赫然就是言蹊看到的照片上的三个人。

展信佳看着自从回家就坐在床上发呆的言蹊，严肃地拍拍她的肩膀，坐在她对面：“你到底怎么了？这两天我看你失魂落魄的。”

言蹊还没有缓过劲来，浑身无力，恹恹地摇摇头。

展信佳看她这样更来气：“因为沈岫栩？”

言蹊不敢置信地看她一眼，那眼神好像在说，你怎么知道的？

“你我还不了解。”展信佳白她一眼，“说说吧，怎么回事？”

展信佳态度很坚决，一副不问出个所以然誓不罢休的模样，言蹊只得翻身，从立柜上摸出一本书，翻了几页，抽出夹在中间的照片，看了几眼，递给展信佳。

展信佳一头雾水地接过，匆匆瞥一眼，只看清照片上是一个女人两手分别抱着两个小孩，左边那个绷着一张小脸，右边那个笑出两个深深的酒窝。

言蹊有些迷茫："你说，这个世界上，有没有人十年里面貌丝毫不变？"

"嗯？"

"就是……"言蹊有些不确定这么说对不对，于是她指了指照片最左边的那个小孩说，"这是沈岫栩小时候。"又指了指右边的小孩，"而这个小孩叫 PAN，根据发色和模样都看得出这是 PAN 小时候，但是年纪不对。"

"年纪不对？"展信佳不解。

"对，照片里两人一般大，但是我看到的那个 PAN，却只有十三四岁，是不是很奇怪？"言蹊看向展信佳，展信佳歪着脑袋想了想："潘？彼得潘？那个拒绝长大的童话人物？"说着又仔细看了眼照片，一看之下才发现不对，不敢置信地凑近照片。

言蹊愣了一下，继续道："我在沈岫栩的别墅里看到过这个女人，和照片上的人一模一样，叫作朵拉……"

"等等。"展信佳出口打断她，掏出手机翻了翻，将手机和相片放在一起，"这是何遇！"

"何遇？"言蹊蒙了，怎么又和何遇扯上关系了？

展信佳将手机递过去，那上边是何遇幼时的照片，言蹊对比了一下，还真是一模一样。

这到底怎么回事？

这件事变得越来越复杂，言蹊本来就有些头疼，这两天她一直在思考着这张照片背后的玄机，晚上都睡不好，想破头也没有想明白。

展信佳看她皱着眉揉着眉心的模样，有些后悔把照片拿出来了。

“你不要胡思乱想了啦！”展信佳有些犹豫，在言蹊渐渐焦灼的神情下，才终于松口，“好啦好啦，其实……沈岫栩是何遇的表弟。”

“表弟？”言蹊拔高声音反问，原来他们之间还有这样一层关系。

“何遇的爸爸何侨霖是沈岫栩的妈妈 Estella 的哥哥，何遇和沈岫栩是表兄弟，但是何遇不喜欢他。”展信佳破罐子破摔，何遇不愿意让人知道他们之间的关系，她也是找人调查才得知一些皮毛。

“沈岫栩的妈妈 Estella 和沈岫栩的爸爸沈秉衡都在美国一所大学念书，两个人一毕业就步入了婚姻的殿堂。后来沈秉衡决定回国发展，何侨霖为了妹妹 Estella 也决定回国。但是何遇的妈妈不愿意，于是她生下何遇就和何遇的爸爸离婚了。所以何遇从小是他姑姑 Estella 也就是沈岫栩的妈妈带大的……

“沈岫栩的父母毕业回国时，AI（人工智能）技术还处于起步阶段，于是沈岫栩的爸爸和何遇的爸爸一起创办了当时国内第一家机器人公司。沈秉衡在国外主攻的就是这方面，但他是个十足的实验狂，于是两人一个负责研究、一个负责公司发展……在研究还差临门一脚的时候，沈秉衡在实验室因为意外爆炸身亡……Estella呢，不知道出于什么原因，坚信丈夫是被人害死的。后来就很戏剧化了，据说她掌握了某个证据，在报警的途中出了车祸。”

“车祸？”

“对，当时还有一种说法，说她是故意撞上去的。”展信佳抿着嘴角说，“在何遇心目中Estella跟亲生母亲没什么区别，他认为沈秉衡心里只有自己的研究，为了研究弃家庭于不顾，不是一个合格的丈夫、父亲，甚至他认为沈秉衡是害死Estella的罪魁祸首。”

“这和沈岫栩有什么关系？”言蹊有些不明白。

“因为Estella去世之后，沈岫栩无动于衷，甚至葬礼上都不见他的踪影。后来，据说何遇是在那幢别墅的实验室里找到沈岫栩的，他在修复他父亲留下来的机器人……”展信佳盘腿坐着，时间久了腿有些麻，扶着言蹊的肩膀下了床，弯下腰舒了口气，“何遇说过这样一句话：沈岫栩这个人，从小就没什么感情。”

展信佳收紧了手指，低着头说：“不管这是不是真相，蹊蹊……”她顿了顿，咻地抬头直视言蹊的眼睛，“你可不要喜欢上他，关于他的流言蜚语，堆起来能把人淹死……”

言蹊被她看得浑身不对劲，讪笑一下，挥着手说了句：“你胡说什么呢！”但是她不知为何有些心虚，躲开了展信佳的视线，低声嘟囔，“他怎么看得上我啊……”是啊，那么优秀的沈岫栩，怎么会看上平凡的自己呢？说完，言蹊的心狠狠地抽了一下。

展信佳听她说话的语气，心猛地一沉，脸上却笑了，揽住她的肩膀胡乱揉了把她的头："胡说，我们蹊蹊这么好，我要是个男的，我都想娶你了！"

被展信佳这样一打岔，一开始的话题反而被遗忘，两个女孩在床上笑成一团……

卧室微微开了一条门缝，何遇低垂着头半靠在墙上，不知道在门边站了多久，他刻意放轻脚步，悄悄地离开了原地。

第八章
Chapter eight

在这偌大的世界，
你，就是我的归宿。

又过了几天，言蹊的病总算是好全了，她火急火燎就要去上班。

展信佳气不打一处来，直骂她没出息。

秋日的阳光温暖而柔和，白云悠闲又缓慢地飘浮在半空中，浅蓝色的天幕显得又高又远。

开得正盛的洋苏草在花田里轻晃，一路花香相送。

天气好，言蹊的心情更好，赶到别墅的时候，沈岫栩正准备出门，与言蹊碰了个正着。

“你要出门？”言蹊在他身边停下，觉得讶异又稀奇。

沈岫栩远远就看见了言蹊，他若无其事地打开车门，从后视镜里看到自己不自觉翘起的嘴角，连忙换了表情，一本正经地点了点头。

“你吃过早饭没有？”言蹊扒着车窗笑着问，沈岫栩闻言看她一眼，眼神里难得有了点责怪的意思，好像在说，你还知道关心我？

言蹊的笑容凝固在脸上，好在他很快就收回视线。言蹊沉默了两秒，有些不好意思地从包里掏出一个保温盒，递给沈岫栩：“那个我前几天生病了……你看，我一好就马上赶过来了，猜到你应该没吃早餐，这还是跑了老远给你买的……”

她话还没说完，沈岫栩就毫不迟疑地抽走她手里的保温盒，动作之快令人反应不及。

“上车。”

言蹊利索地绕到另一边，上了车系好安全带，沈岫栩已经打开保温盒，盒子里躺着几个捏得乱七八糟的小猪包。

沈岫栩挑眉望着她，表情玩味，其中的含义不言而喻，这就是你跑了老远买的？

言蹊挠了挠前额，眼神飘忽地转移话题：“咱们去哪儿啊？”

“到了你就知道了。”沈岫栩嫌弃地挑挑拣拣，一个个发得脸颊鼓鼓的，圆溜溜的眼睛炯炯有神，像极了某人专注盯着自己时的模样，这么想着他瞟了眼在一边正襟危坐的言蹊。

言蹊不明所以，只觉得他的眼神诡异，只当是自己这几天翘班惹这位老大不爽，于是脊背更僵了。

沈岫栩的嘴角扬起一抹意味不明的笑容，看见她堪比小学生上课的坐姿，像是被取悦到，从保温盒边上挑选了一个被挤得面部轮廓都有些变形的小猪包塞进嘴里，心想，真丑。

车窗开着，言蹊一只手撑在车窗上，暖洋洋的风里全是令人沉醉的阳光味，柔韧的发丝被风凌乱地吹在脑后。她将一只手伸出窗外，闭着眼深深呼吸，又睁开双眼凝视着蓝天："秋天的味道，风的味道。"

沈岫栩分神望了她一眼，她的瞳仁里映着一小片天空。

那一瞬莫名地挪不开视线，鬼使神差之下，他轻声念了句："我的心是旷野的鸟，在你的眼睛里找到了它的天空。"

言蹊此刻的心情很放松，闻言歪着脑袋看他，双眸熠熠生辉，不解地问："什么？"

沈岫栩强压下怦怦的心跳，将注意力转回前方的道路，心思却收不回来。

你的眼睛里，写满了我的自由，我尽情翱翔在这片蓝色海洋中。

在这偌大的世界，你，就是我的归宿。

他的脑海里蓦地浮现这句话，心乱如麻。

归宿？

自打沈岫栩莫名地念了那句诗后，车厢里陷入了沉默。

两个心思各异的人，皆是正襟危坐，大约半个钟头之后，到达目的地。

言蹊解开安全带下车，扶着车顶打量眼前的建筑——一座肃穆的教堂，门口的牌匾上刻着“星光福利院”几个字。

门口有好几个人等着，沈岫栩一打开后备厢，不需要招呼，几个人就笑着将后备厢里的东西搬了出来。

言蹊跟在沈岫栩身后进入福利院，好奇地四处打量。路上不停有人和他打招呼，沈岫栩也微微点头致意，看得出来很是熟稔。

“你经常来啊？”言蹊快步跑到沈岫栩身边，背着手装作不经意地问。

“嗯。”沈岫栩显然只是敷衍她，冷淡地应了句。

言蹊讪讪地摸了摸鼻子，在心里埋怨，又这么冷漠。言蹊叹了口气，转念又想：算了，都习惯了。言蹊觉得自己的脸皮真是越来越厚了。

她有些丧气，看到刚才那几个搬东西的工作人员就在不远处，被一群小孩围成一团，言蹊指了指那边：“我去帮忙。”不等沈岫栩反应，她就跑了过去。

沈岫栩看着她的背影，愣了愣。

几个工作人员正忙得焦头烂额，周围的小朋友闹哄哄的，他们不断地喊着：“不要抢不要抢，每个人都有。”

“我来帮你们。”言蹊跑过去，从箱子里掏出一把糖果，好奇地望了眼几个箱子，里面都是些书籍、零食、文具……

工作人员中一个粉红色长发的女孩认出言蹊是刚才跟着沈先生一起下车的女孩，于是笑着打招呼："是你呀。"

言蹊有些腼腆地笑了笑，眼神错开人群，远远地看了眼人群外的沈岫栩，他一只手插在裤袋里，定定地看着远方。

"我叫欧阳，你呢？"欧阳年纪不大，看起来像是在念大学的学生。

"叫我言蹊就好。桃李不言下自成蹊的言蹊。"言蹊友善地回道。

"你是第一次来啊？"欧阳忙着分糖果，波浪卷的长发被她绑在脑后，蜜色的额头上沁出薄薄的一层汗。

"是啊。"言蹊也有些手忙脚乱，眼珠一转，想着说不定能从欧阳这里探听到一点情报，于是问道，"沈先生来了很多次？"

"沈先生啊，他几乎每隔几个月就会来一次。"欧阳似笑非笑地打量她几眼，"星光福利院前身是座教堂，那时候的老神父会收留像我们这种无家可归的孤儿。后来 Estella 偶然来教堂做礼拜，出资成立了福利院。"说到 Estella 的时候，欧阳看了她一眼，言蹊点头表示自己知道 Estella 是谁。

"后来 Estella 总是带沈先生还有何先生过来，Estella 去世以后，沈先生和何先生就成了福利院的资助人。"欧阳说这些的时候，眼睛里的光微微闪动，带着些缅怀的味道，但是很快又恢复过来，"你是沈先生的女朋友吗？"

"啊？"言蹊看着她略带揶揄的笑容，脑子开始打结，下意识地望向沈岫栩的方向，原本站在树下的人，却不见了踪影。

这时候东西已经分得差不多了，孩子们三三两两散开。言蹊四处搜寻那道熟悉的身影。

欧阳蹲在草地上，看着她着急的模样，黑白分明的大眼睛里满是笑意：“应该在赵医生那里。”她站起身，拍拍手上的泥巴，“我带你过去吧。”

言蹊跟着欧阳穿过长廊，来到教堂后廊，墙壁上挂着许多画框，看得出来是这里的孩子们的拙作。

“就在那边。”欧阳回头看她，熟稔地给她指了个方向。

言蹊正停在一块工作栏前，一眼就看到工作栏的右下角，红底照片上的男人二十七八岁——赵则，海归心理学博士，担任心理辅导主任。

言蹊站在工作栏前，想问欧阳为什么赵则要找沈岫栩，转身才发现欧阳不知道什么时候已经离开了。

赵则左手闲适地揣在白大褂里：“要喝点什么？”

沈岫栩背着身站在窗前，压根不理他。

赵则无奈地扶了扶镜框，又试探地问：“最近怎么样？”一边说着一边走到沈岫栩身边打量他，沈岫栩脸上是他从来没见过的恬淡，认真地盯着远处的天空，上半身微微探出窗外，裹在秋末的阳光里，长长的睫毛上跳跃浅金色的光芒，懒洋洋的。

赵则挑眉仔细盯着他的侧脸，沈岫栩像是没有察觉，将手伸到面前，不自觉地微笑起来，深深地呼吸，像是在找寻什么，薄唇微启。

赵则听到他说："秋天的味道……"

"你真是我见过的，最不听话的患者。"赵则低头，笑骂道。

沈岫栩被他打扰，不耐地皱起眉："你是我见过的，最没眼色的医生。"

"嘿！过奖了。"赵则拍了拍额头。

"患者？"言蹊心里纳闷，扒着墙角又将竖着的耳朵凑近了点，偶尔顺着门缝往里看两眼，看到沈岫栩向外走，左右看两眼躲到对面的楼道里，直到脚步声越来越远。

她低着头走出来，与从办公室里跟着出来的赵则差点撞上，而那本《月亮与六便士》从没有拉好的背包里滑了出来。

赵则扶住言蹊，率先捡起地上的书，他看了眼麻色封皮的书籍，笑得爽朗："面对地上的六便士和夜空中最美丽的月亮时，你该如何选择？"

他将书送到言蹊面前，金框眼镜背后的双眼满是睿智的光芒："很有意思的书。"

"谢谢。"言蹊接过书，细致地将书脊上的灰擦干净。

"你是？"赵则不会看错，那本书是初版的原装书籍，他不着痕迹地上下打量几眼言蹊，不像是能够买得起这样书籍的人。

大概心理医生都是这样，很容易让人心生好感，言蹊只觉得面前这个男人令她心里油然生出一种舒适感。

“我是和刚才那个人一起来的。”言蹊说。

赵则的确没想到她会和沈岫栩认识，又听见她问：“沈先生，他怎么了？”

“嗯？”赵则无奈地摊了摊手，“医生的职业道德告诉我，不能透露病人的信息。”

“病人？”

“是的。”赵则非常绅士地让开门，“要进来坐坐吗？”

接下来的交流非常愉快，这是一个很难令人心生厌恶感的男人，整个交谈过程言蹊毫无防备。

赵则也是在这所福利院长大的孩子，用他的话来说，没有Estella的资助，他不可能取得今天的成就。

“你能够帮我吗？”赵则笑盈盈地望向言蹊，“劝他配合我治疗……”

话还没说完，治疗室的门被人从外推开，沈岫栩赫然站在门口，言蹊立马从沙发上站起来，赵则也顿在原地。

“我……”言蹊想解释又不知该怎么说。

沈岫栩不紧不慢道：“该走了。”说完转身就走。

言蹊怔怔地抓起一边的背包，朝赵则抱歉道：“赵医生，再见。”

赵则将双手插入口袋，望向两人离开的方向。

“人已经走了。”里间的休息室里传来慢悠悠的女声。

赵则站在门边，身体里就好像有根线被人从两头紧紧扯住，随时都有断裂的可能。他利落地关上治疗室的门，转身看向懒懒靠在门边的周密道：“你醒了。”

赵则是早上到办公室时，才发现在休息室里熟睡的周密。

“你怎么回来了？”赵则尽量放轻松地问道，身体深深陷进办公桌后的靠椅里，手臂撑在扶手上。

“怎么？你不希望我回来啊？”周密轻笑着反问，双手撑在办公桌上，慢慢靠近他。

赵则沉默了，收起一贯的温和。

“放心吧，我是回来办私事的。”周密看了眼一脸不敢置信的赵则，嘲讽地说，“我周密自持不是什么有良心的人，但是这世界上，根本就没有天衣无缝一说，赵医生，你懂吗？沈秉衡怎么死的？Estella 又是怎么死的？你为什么能够出国？”

“你想怎么样？”赵则淡淡地反问，神色阴沉。

周密看到他防备的神情，摇头退了一步，靠着窗枢缓缓却莫名地说道：“这个世界上啊，人和人之间真的是不同的，有的人义无反顾地选择月光，那是因为他们有欣赏月光的本钱，他们是被上帝眷顾的幸运儿；而对于很多人，比如像你我这样的人来说，这是一个没有选择余地的命题，因为有时候在月亮和六便士之间，我们别无选择。”她笑望着赵则，“我俩从小一起长大，有时候看到你就像看到镜子里的我，我们是同一类人。我们深知，这个世界，有很多常人无法想象的绝望与残忍。”

赵则沉默半晌，良久，他才缓缓开口：“我之所以回国，留在这里，以及我现在所做的一切，都是在为当年犯下的错赎罪。”

屋子里弥漫着一股久未启窨的森冷感，赵则和周密相对而立，眼神却相互错了位。

他们身旁的窗枢，框起一幅天高云悠的画，薄薄的阳光给绿色的草地、互相追逐的人影镀上一层浅浅的金色，孩子们的欢声笑语传得很远……

沈岫栩将车开得飞快，言蹊坐在副驾驶座，看着沈岫栩面无表情的侧脸，心中慌乱无措。

她想说点什么，打破车厢里的焦灼气氛，张了张嘴，话还没出口，手机铃声忽地响起。沈岫栩微微侧目，听出来那是言蹊在天台上哼唱的旋律。

电话是林毓钟打来的，言蹊眼皮跳了一下，犹豫地看了一眼沈岫栩，接了电话，讷讷地喊：“爸？”

“蹊蹊啊，你在上班吗？”林毓钟浑厚的嗓音透过电话传出来。

“嗯，在上班。爸，什么事啊？”

“哦，我现在要去你们酒店送一批水果，你妈让我给你带一盅汤，你等会儿抽空过来拿一下啊……”

“啊？爸，你现在已经在路上了吗？”言蹊慌了，她换工作的事情没有和家里说，此刻她急得想跳脚。

“大概还有二十分钟吧，我不跟你说了，我在开车。等会儿我到了给你打电话啊。”

“爸！爸！”言蹊冲电话里喊了两声，但是林毓钟已经把电话给挂了。

“怎么了？”沈岫栩问了句。

“我……我……”言蹊急得不知该怎么说，“你能送我去一个地方吗？”

言蹊报了酒店地址，沈岫栩留意两边的路况，急速转了一个弯，向酒店驶去。

好在一路上没有发生什么堵车这样的意外，大概半个小时，两人就到了。还没停稳，言蹊就急急忙忙解开安全带下车，差点被绊了一跤。

酒店名叫龙图腾，是栖临少有的五星酒店。

酒店大堂此刻正乱成一团。

一个一身西装的男人，抓着一个穿深蓝色工装的男人，两人在大堂右侧拉拉扯扯。

言蹊认出那个一身西装的高个男人，是她曾经的上司——钱经理；而另一个，正是她的爸爸林毓钟。

林毓钟憋红了一张脸，挺着胸据理力争：“明明是你撞上来的嘛，还撒了我的汤，你怎么能不讲道理呢？”

“是你撞了我，还弄脏了我的鞋子！我告诉你乡巴佬，我的鞋可是在英国定制的纯手工皮鞋，一个鞋底都抵你几个月工资！”钱经理拨弄着领结，歪着嘴，一脸鄙夷，伸出食指一下一下顶着林毓钟的胸膛。

林毓钟被他逼得连连向后退了几步：“你怎么不讲道理呢？啊？怎么不讲道理呢？”

“我怎么不讲道理了？我告诉你，你这个满身土气的乡巴佬，赶紧给我赔钱听到没有？否则我要你吃不了兜着走！”

“你怎么不讲道理呢？”林毓钟不擅长与人吵嘴，这个一向以和为贵、退一步海阔天空的老好人，哽着一口气，急得脸红脖子粗，但是来来回回念叨的都是那几句。

钱经理反倒哈哈笑了起来，啐了一口，凶神恶煞道：“呸，我告诉你，在这儿我说了算！我就是道理！你识相的话，赶紧给我赔钱！”

言蹊远远看到钱经理咄咄逼人的样子，时不时还伸手推两把林父，林父踉跄着躲躲闪闪。

“住手！”言蹊喊了一声，跑过去扶住林毓钟，“爸，你没事吧？”

钱经理定睛一看，认出了言蹊。

“哟，林言蹊，原来这是你爸爸啊？”他捏着嗓子，双手抱胸怪模怪样地说，“难怪，我就说这没眼力见儿的劲儿怎么和你一样一样的。”

“你胡说八道什么！”林毓钟一听这话就火了，他一向是很能忍气吞声的人，但是不能容忍有人指责他的女儿半句。

“爸，咱们别跟他一般见识。”言蹊看林毓钟眼睛都红了，额头上青筋毕现，赶紧连声安抚。生怕他冲动，她拉着林父的袖子，半拖半抱地将他拉到自己身后，好不容易林毓钟哼哧哼哧站在原地，言蹊才看向钱经理，“多少钱，我赔。”

钱经理看了一眼一脸诚恳的言蹊，心里霎时有了底气，伸出手指着皮鞋喝道：“至少一万！”

“你这不是讹人吗？”林父又要冲上来，用力抓着言蹊的手急切解释，“蹊蹊啊，事情不是这样的啊！我真的没有撞他啊！是他自己……”

言蹊看到他这副模样，心里就像针扎一样难受，她用力地眨几下眼，压下眼眶中的酸意，拍着他的手背说：“我知道，我知道！爸，这事你别管，我来！”

沈岫栩落后言蹊一步下车，也将事情经过看了个大概。他给家里挂了个电话，让 PAN 把酒店的监控录像调出来。

监控录像虽然有些模糊，但还是看得清楚。当时那个钱经理正在摆弄手机，两个人在拐角撞上后，钱经理推了林毓钟一把，汤盅正好撞在墙上把盖子磕落了，才洒了林毓钟一身。因为衣料颜色深，沾了水后也不明显，只有些斑斑点点的痕迹；而钱经理只是皮鞋上溅了一块。

沈岫栩刚要将监控录像交给言蹊，就听到言蹊说要赔钱，于是他又默默退了回来。

言蹊扭头问道：“钱，我赔，但是你也推了我爸，这怎么算？”

“呵？怎么的，你还想讹医药费啊？”钱经理嗤笑。

“这就不是钱的事！”言蹊毫无征兆地吼出声，眼眶微微发红。

她根本无法形容刚才目睹自己的父亲被围在人群中间责问的那一瞬她的心情，好像看到一直沉默伫立在她身边的大山，轰然间无声崩塌。

“你必须给我爸道歉！”言蹊此话一出，就连沈岫栩都愣住了。两人相处时间不算短了，从没见她发过脾气，更别说话语里带上“必须”“肯定”“一定”这种带有强调意味的限制词语。

钱经理却像是听到什么好笑的笑话，神色倨傲地睨视一眼父女俩：“林言蹊，你有病吧？要我道歉，你想得美！”

“行，那咱们调监控。”言蹊咬牙道，极力控制眼泪不要流下来。这种情况下哭，就等同于示弱！

“不用调监控了。”一直抱胸站在一边的沈岫栩忽地出声，走到钱经理面前，钱经理睁着一双大眼，嘴唇开始不自然地哆嗦。

沈岫栩将手机伸到他的面前，言蹊所站的角度看不到屏幕，钱经理却看得很清楚，正是事发时的记录，以及补充了一些他收受回扣的证据……

钱经理冷汗涔涔，伸手要夺手机，沈岫栩灵活地后退一步，慢慢将手机收回口袋。

“这个事情就是一个误会……也不是什么大事，这样吧，钱也不用赔了，您看这样行吗……”钱经理腮帮子绷得紧紧的，搓着手掌询问沈岫栩。

“不行。”言蹊虽然不明白沈岫栩是怎么办到的，但是她不想轻易放过钱经理，只是一再强调，“你必须给我爸爸道歉！”

“道歉就算了吧……”钱经理眼睛左右瞟了瞟，大厅里所有人的注意力都被这边吸引，他也是个好面子的。而沈岫栩脸上始终挂着玩味的笑站在一边，但他的眼神里没有一丝笑意，完全是在纵容林言蹊撒气的行为。

钱经理退而求其次：“这样吧，我赔你医疗费、劳务费……精神损失费……”他双手比了个数字，看向言蹊的眼睛里带着些乞求。但是他越说得多，言蹊就越愤怒。

她的胸口就像是塞进了一个充盈的气球，钱经理每说一句话，那个气球就涨大一分，令她内心胀痛。

言蹊望了眼沉默着站在身后的林毓钟，坚持道：“这不是钱的事！你的鞋钱，我赔！但是你必须向我爸爸道歉！”她不耐烦地第三次强调道。

她无法轻易原谅在林毓钟孤立无援的时候，这个恣意辱骂他、羞辱他自尊和骄傲的人。

“要么道歉！要么咱们到大街上，让我像刚才你骂我爸爸一样当着所有人的面骂你！咱们可以依照视频时间来，你为难我爸爸多久，我绝对不超过一秒！”

说着她将林父搀到身前：“来，爸。”言蹊感受到林毓钟微微颤抖的手臂，轻轻拍了拍，冲林毓钟露出一个微笑，“没事啊，爸。”

转过脸面对钱经理时又是一副毫不留情的模样，她强硬地说道：“道歉！”

“对不起……”钱经理脸色惨白，声音细如蚊蚋。

“大声点儿！”

“对、对不起！”声音大了些。

……

第九章
Chapter nine

咱们之间一开始就是金钱交易！

言蹊扶着她爸出了龙图腾，在外边的小公园里坐下，才发现林毓钟的不对劲。

“爸？爸，你没事吧？”言蹊温言细语地问，纤细的手掌在林毓钟的背上顺了顺。林毓钟的脸涨得通红，沟壑纵横的手捂着眼睛，头深深地埋进膝盖里，离得近了，言蹊才发现原来爸爸头发里已经藏着数不清的白发了。

林毓钟扬起一只手摆了摆：“没、没事……”他的声音里有些哽咽，好像失去了组织语言的能力，木讷地开口，“我、我就是……”

活了大半辈子，什么事情没有经历过？送货延迟觍着脸求人，被吹毛求疵的顾客指着鼻子骂，跑关系的时候赔笑脸、说好话，前不着村后不着店的公路上连买包烟都要忍受白眼……

这些都没什么，为了能够撑起这个家，那些不必要的自尊，他可以放下，他知道在社会底层摸爬滚打的人的自尊心有多不值钱。

这个社会从来就不以年纪论尊卑……

生活很苦，负重前行的路上他不能说累。

即便偶尔他也会觉得委屈，却也只能一点一点和着饭食咽下去。

他也想像一个有血性的汉子一样，甩一万块钱到那个经理脸上，骂一句“去你的”，但是他不能啊！他还有妻女，他挥霍不起。

但是没有人知道，他乐呵呵地露出笑脸，步步忍让，心里却宛如经历酷刑，向下滴滴答答地淌血……

“爸，你别把那个浑蛋的话放心上，那就是一只疯狗。”言蹊说得粗鲁，她以前在钱经理手下做事的时候，就知道钱经理不是什么好东西！言蹊说着心里也开始难受，眼眶红了，嘴唇也不自觉地抿在一起。

沈岫栩一直不远不近地跟着言蹊，闻言好笑地看了她一眼，忽然觉得林言蹊这副气急败坏的模样——居然有些可爱。

言蹊看着林毓钟红着眼眶的模样，心如刀绞，气哼哼地说：“咱不干了啊，这钱咱不挣了，以后咱家缺的钱我来贴，不让你受委屈。”

“傻丫头。”林毓钟听着言蹊赌气的话，像小时候那样爱怜地揉了一把她的头。

经过在龙图腾这么一闹，言蹊被辞退的事情已经无所遁形。

“那你现在有工作吗？”林毓钟忧心忡忡地问言蹊。

“当然有啦。”言蹊指着沈岫栩，嘻嘻哈哈地打马虎眼，“这就是我老板，沈岫栩沈先生。”

林毓钟惊疑不定地看向沈岫栩，这个男人年纪不大，但是浑身散发出一股说不出来的风华贵气，又想到刚才他帮他们父女俩解围的仗义举止，更是生出一种此人不凡的钦佩：“真是谢谢沈先生照顾我们家蹊蹊。”

不等沈岫栩回答，言蹊就抢先道：“好了好了，爸，我跟你商量个事呗。”

“你说。”

“别告诉我妈呗！”言蹊求道，抱着林父的胳膊装出一副可怜相，“妈要是知道这件事，非把我皮扒了不可！”

好说歹说之下，林父总算同意帮言蹊瞒着，言蹊本来要将林毓钟送回家，林父说自己的货车还在酒店后仓，于是独自一人离开。言蹊站在马路这头，远远望着林毓钟已经有些上了年纪的疲态，心里不由得一酸。

沈岫栩缓步踱至言蹊身边，她埋着头，看不清表情。

“刚才，谢谢你。”她的声音闷闷的，那双黑白分明的大眼睛，此刻像极了透着光的红色石榴石，眼眶里还有没来得及收回的泪水。

“不客气。”沈岫栩闷声回了一句。

“刚才我是不是有点得理不饶人？”言蹊后知后觉想到自己在龙图腾里咄咄逼人的模样。

“得理不饶人？”沈岫栩转身靠在路边的树干上，双手插进西装裤的口袋，行云流水的动作说不出的潇洒。

他的视线聚焦在树隙间闪烁的不规则光斑上，蓦地想起十几年前，也是这样的秋天，也是这样的午后。

沈秉衡是在实验室里被炸死的，离世的时候甚至连个全尸都没有。那年他刚刚满八岁，被诊断出来患有社交障碍。Estella领着沈岫栩在火葬场领骨灰的时候，她抱着那个比常人小一号的骨灰盒，搂着他泣不成声，她说：“儿子，妈妈只有你了。”

沈岫栩至今还记得Estella全身发抖的模样。

那一年，他孤僻得话都说不了几句，但是那个瞬间，不知从哪里涌上来的力量让他紧紧地抱住了那个脆弱无助的女人，用沙哑而古怪的声调，磕磕绊绊地说：“别、别怕，我，保护。”

稚嫩的双手紧紧抱住Estella的脖颈。

也许，他就是在那一刻开始长大的。

挣脱困锁着他内心的荆棘，从喉咙里挤出几句心里话来，像一个男子汉，陪伴在尚未从丧夫之痛中走出来的脆弱母亲身边，做她的后盾和港湾。

用不结实的臂膀，为她撑起一片小小的天。

避雨、遮风，拢月、藏星。

只是，那个秋日的阳光，那样的冷。在一小段快乐光景后，最终还是带走了 Estella。

沈岫栩收回视线，低垂的长睫毛掩盖了眼眸中的伤痛。平复几秒后，他看向言蹊，郑重其事道：“我们来到这个世界时，赤身无一物，是他们给了我们所有。成长的本质，是伴随着我们一天一天越来越强壮，他们逐渐老去。而不论何时，我们保护他们，不应该是出自本能的事情吗？”

沈岫栩就站在她的面前。言蹊望进他黑曜石般的眸子，那里面好像蛰伏着一只孤独的兽。它掩藏着身形，踽踽独行，只有它的主人放松警惕，而你用心去寻觅才会若隐若现地显露出来，透露出一股令人心悸的痛楚。

沈岫栩说：“能够保护自己所爱的人，是一件幸福的事。”他的语气里，满满都是失落。

言蹊不由自主地伸出手指，慢慢凑近沈岫栩的眼皮，露出一点迷惘的笑容：“好像第一次听你说这么多话。我觉得他们说得不对……你是个很善良的人，你的内心一定非常……”

“我不是。”沈岫栩打断她，虽然不知道她口中的他们是谁。他微低着头，眨了眨眼，睫毛像是小刷子一样蹭得言蹊指尖微痒。言蹊恍然意识到自己的动作有多暧昧，急急收回手。

沈岫栩却对她这个动作有些不满，危险地眯起眼，弯下腰凑近看她的脸：“又哭又笑真难看。”

回去的路上，言蹊忽然想起要赔给钱经理一万块这件事，问道：“我可不可以跟你借钱？”

“咱们之间，好像还没有发展到可以进行金钱交易的地步吧？”沈岫栩看着她战战兢兢的模样，忽然好心情地想逗逗她。

“胡说，咱们之间一开始就是金钱交易！”你还害我失业了呢！言蹊在心里默默吐槽。

“说得也是。”沈岫栩煞有介事地点头，大发慈悲一般松口，“那就勉强借给你吧。”

言蹊乐呵呵坐好，双手规规矩矩地放在膝盖上，沈岫栩看得心里直乐，面上却丝毫不露痕迹。

“利息就从你每个月工资里扣吧。”沈岫栩幽幽道，其实他根本就不会给钱经理这笔钱。

“不行！我这么穷，你还要剥削我！”言蹊瞬间急得跳脚。

沈岫栩瞥她一眼，是真激动了。没想到不经意之间抓住了她一个小辫子，挺好！他就在林言蹊的抗议声中自顾自地想，如果以后要是再出现无故旷工的情况，那就先扣她一半工资！看她还敢不敢无故旷工！

随着时间的流逝，很多原本耿耿于怀的事情，逐渐隐匿行迹。

一切都在朝着好的方向徐徐前行。

他们之间不像一开始一样针锋相对，沈岫栩也慢慢放下自己的防备，两个人在彼此不同的生活习惯里，周旋出一块适宜对方生存的土地。

言蹊也学着不去触碰沈岫栩的底线。

这是一种很奇怪的关系——淡漠中有些亲近，热忱里带着疏离。

如果没有那一天，或许两个人之间也就这样继续磨合下去。

但是偏偏，这种关系被打破了。

那是秋季的最后一天，湿漉漉的空气中夹杂着淅淅沥沥的雨丝。天空像是倒扣下来的水泥马路，灰沉沉的云悠闲地悬在半空。

影音室，沈岫栩身子陷在高背单人沙发里，音箱播放的声音有些模糊，白色幕布上的投影散发着浅色珍珠般的光芒，Estella 笑容灿烂的脸定格其上。

每年的今天，他都会在这间逼仄的影音室看小时候的录像。

记忆在脑海里翻飞，搁在一旁的手机发出阵阵嗡鸣，沈岫栩像是没有看到，眉头却越皱越紧，那个熟悉的没有备注的电话号码让他莫名烦躁。

像是终于难以忍受，沈岫栩拿起一边的遥控器关掉录像，不耐烦地走出影音室。顺着环形阶梯下到客厅，看到在橱柜边的身影，心里莫名地就安定下来。

言蹊没有察觉到沈岫栩的出现，双手握着电话，脚尖无意识地踢柜脚，脸上不时有疑惑、担忧的表情出现，倏尔又显得有些紧张……

表情生动鲜活，沈岫栩突然衍生出强烈的，想要知道电话对面的人是谁的想法，正要往下走，言蹊的语气又急又气：“不是这样的赵医生……”

赵医生？

赵则？

沈岫栩脸一沉，望向林言蹊，慢慢靠近她。

她的脸上有些薄红，牙齿咬着嘴唇，慌张又无措。察觉到身后的沈岫栩，她吓了一跳。

“谁的电话？”沈岫栩问。

“不……是我的朋友！”言蹊磕磕巴巴，朝电话那头说了声先挂了，然后低着头匆忙绕过沈岫栩。

赵则打电话过来的时候，言蹊正在教朵拉做草莓布丁。她接起电话才说了几句，赵则就认出了她的声音，莫名其妙就开始套起近乎。

其间说了许多类似“我还从来没有见过沈岫栩带女孩子去孤儿院”这样的话，还问言蹊是不是喜欢沈岫栩。

言蹊觉得窘极了，有一种秘密被看破的难堪。她头都不敢抬，更不敢看沈岫栩，于是错过了沈岫栩站在电话机旁若有所思的模样。

这天下午，别墅的门铃忽然响起，朵拉和言蹊在楼上收拾房间，言蹊离楼梯比较近，于是跑去开门。

“你是谁？”男人猛地收起脸上的笑脸，布满血丝的双眼上上下下地打量着她。

言蹊正要说话，男人一边越过她向屋里四处瞅，一边问：“沈岫栩呢？”他倨傲地挥手，一副大发慈悲的派头颐指气使，“我是他二伯，你带我去见他。”

言蹊撇撇嘴：“哦。”

沈丘鹤一进门，肥胖的身躯灵活地奔向沙发上的沈岫栩。

“岫栩，我的好侄儿，总算是找到你了！你这次一定要救救二伯啊！”

“你来干什么？”沈岫栩没有动，瞥了一眼揪着自己袖子的手，一向冷漠的面孔也有些不耐烦。

“我……二伯打你电话打不通，实在是没有办法……二伯知道你忙，二伯不怪你！”沈丘鹤一扫面对言蹊时的倨傲，讨好地笑着。

“我没什么本事，恐怕帮不上沈先生的忙。”沈岫栩说着就要抽出袖子。

沈丘鹤急了，脑门上一头的汗，眼看着沈岫栩就要挥开自己，干脆破罐子破摔，“扑通”一声跪在沈岫栩面前，脸上的紧张不似作假，一双手紧紧揪住沈岫栩的裤腿。

言蹊原本在沈丘鹤表明身份的时候就要离开客厅，但是沈丘鹤膝盖砸在地板上的脆响令她下意识往那边看了一眼，这一眼令她霎时惊在原地。

“不，你本事大，二伯可都听说了！比二伯本事大多了！一定可以帮二伯！看在你死去的爸爸的份上！”沈丘鹤打蛇上棍奉承起来，絮絮叨叨地从当年和沈父关系如何好，又说到最近的惨状，说得涕泗横流，又胖又粗的手指盖住半边脸，眼睛却不时向另一边瞅。

沈岫栩不想和沈丘鹤多做纠缠，顺着沈丘鹤的视线，瞥见捂着嘴呆望着这边的言蹊，本就不佳的情绪变成恼怒。

沈丘鹤是沈父沈秉衡的亲二哥，沈岫栩太清楚这个二伯的德行，从来就不是一个好相处的人，做人做事都带着功利性，让他宽容地对待他人简直就是要了他的命！

而能让一个刻薄冷血的人变得宽容的唯一武器，就是金钱。

这样的场景发生过许多次，沈岫栩通常给他一笔钱就能够平息下来，他很想得开，就当是破财免灾。但是此刻看着这位二伯跪在地上哀求着，眼睛里却闪着精光的模样，突如其来的厌烦感，令他连应付性的打发也不想施舍，于是沉声低吼：“起来，然后滚出去。”

沈丘鹤瞪大了眼睛，不敢置信地看着沈岫栩。沈岫栩一向好糊弄，往常只要自己姿态放低一点，卖个惨他都会老老实实地答应自己的要求，从来没有这样疾言厉色过。大概是以为能够拿捏住沈岫栩，他立马站起身，一只手指着沈岫栩，声音也高了八度，恶狠狠地骂道：“沈岫栩，你这个狼心狗肺的小兔崽子，我好歹是你二伯！

“你现在混得风生水起，就不管我们这些落难的穷亲戚了啊？你摸着你的良心好好想想当年你家落难的时候是谁救济的你，要不是顾着亲戚一场的情谊，谁管你这个怪胎的死活啊？当年要不是我们好心赏你一口饭吃，你恐怕早就跟着你短命的爹妈投胎去了！不说滴水恩涌泉报，你当初在我家吃好穿好住好，现在你就当是把钱还给我！就当赏我们全家一口口粮！”

沈岫栩沉默地站在原地听完，沈丘鹤赤红着眼睛吭哧吭哧不停喘气。

“说完了？说完了就走吧。”沈岫栩挣开他，和言蹊擦肩而过时说了句，“你也走。”

沈丘鹤顿在原地看着沈岫栩的背影，气得浑身发抖：“沈岫栩，你不仁我不义！”他的小眼睛又看了言蹊一眼，“你要是不答应我！我就当着你女朋友的面，把你的那点破事全都给你抖出来！”

情势不对，言蹊脚步一顿，有些担心地看了眼沈岫栩。

沈岫栩忽然说：“我父亲留给我的遗产呢，你们这么快就败光了？”

沈岫栩背对着言蹊，言蹊看不见他的表情。

倒是沈丘鹤明显一怔，眼神躲闪：“你、你胡说什么！”明显心里有鬼。

“是我胡说吗？要不要我把证据拿出来？”沈岫栩没有回头继续道，“二伯，你对我，可真好啊。如果不是我母亲生前立有遗嘱说将财产交给舅舅保管，恐怕我现在连骨头渣子都不剩了吧？”

沈丘鹤的身体开始哆嗦，他相信沈岫栩已经知道那些事了，至于证据，有何家在，还愁找不到证据？现在可千万不能雪上加霜啊！他眼珠一转，把利弊分析清楚，立马转移话题，可怜兮兮地哀求：“岫栩，当初的事情咱们就都不要提了！好不好？现在二伯是真的没有办法了啊！现在追债的人每天都来，把二伯家都搬空了！我是真的一分钱都没有了！你不能眼睁睁看着二伯饿死啊！”

“饿死？”就像是捕捉到一个有趣的词语，沈岫栩慢慢转身，直勾勾地盯着他，似笑非笑道，“三两天可饿不死人！”他的眼神凌厉，寒气森森地补上一句，“二伯，你还记得吗？这句话，可是你教我的呢。”

沈丘鹤如遭雷击，他在沈岫栩刻意提醒下想起了这句自己曾经不经意间说出来的话，心里惊疑不定地想：他听到了？难怪他知道！

当初，Estella死得很突然，她唯一的哥哥又因为国外的科研实验与她断了联系。而沈秉衡那边的亲戚，忙着抢沈秉衡死后留下来的钱，谁都不想揽上抚养沈岫栩这个烂摊子。一天的光景里，沈岫栩变成了一个没有一个人伸以援手的孤儿。后来还是那群人听说沈秉衡生前立过财产继承的遗嘱，才争抢着将沈岫栩接走。沈岫栩沉默无声地面对满脸悲戚的一群人，彼此都心照不宣。

在那一群豺狼一样的亲戚手里，沈岫栩根本讨不到一星半点的好处，他们顺利地霸占并且瓜分了遗产，于是对沈岫栩弃之如敝屣，用人们眼观鼻鼻观心没有心理负担地作践他……

那句话是在沈岫栩第一次饿晕后，沈丘鹤斥责担忧会因饿死人背上官司的用人时的无心之言。

当时的沈岫栩有点低烧，脑子有些迷迷糊糊，但是这句话，却被他牢牢印在年幼的心上。

第十章
Chapter ten

人生不就是风风雨雨，
起起落落……

“你、你、你真的这么狠心？忍心见死不救？”沈丘鹤咬牙。

沈岫栩笑了，冷冷道：“说起狠心，我恐怕不及你十分之一。”

“好！好！”沈丘鹤眼睛里闪过一丝怨毒的目光，“我早该想到，当初家里人都说要把你赶出去，是我好心，还肯赏你一口饭吃。你现在袖手旁观要我死，什么少年天才，呵，只有我知道你是个什么东西！你就是个克星，是个神经病，是个怪胎！”

“你怎么可以这么侮辱人？”言蹊实在是听不下去了，一个箭步冲上去。

“我侮辱他？”沈丘鹤哈哈大笑起来，憋得脸通红，猩红的眼都在颤抖，得意地大声号叫，“你是他女朋友吧？我劝你最好早点甩了他，这小子根本就没有心，是个冷血自私的怪物！”

“你……”言蹊哆嗦着嘴唇说不出一句话，说着就要伸手推他出去，“你出去，这里不欢迎你！”

“你最好别碰我！我年纪大了，万一不小心摔倒了，磕着碰着，呵呵……”沈丘鹤笑得不怀好意。

“这里没你的事，去楼上待着，别给我添麻烦！”沈岫栩冷冷地说，拽着她的胳膊往楼上推。

“你看啊，小丫头你帮他出头有什么意义？人家根本不领你的情？嫌你麻烦。”沈丘鹤在一边煽风点火。

大概是沈岫栩的怒意太过明显、气场太强，隔了几秒，言蹊才感觉到被他箍住的手腕传来阵阵疼痛，她踉跄着跟着他，身后是沈丘鹤得意的叫嚣声。

“怎么了今天？这么热闹？”大门口传来一声看热闹的调侃。

言蹊听到熟悉的声音下意识回头，是何遇。

沈丘鹤则是惊恐地站在原地，何遇双手插着兜散漫地走进屋内，一副放荡不羁的模样，眼神都没有给他一个，身后跟着的韩秘书上前拖着他的后领子将他拉出别墅，伴随着他求饶的号叫声。

沈岫栩已经上了好几层台阶，居高临下地看着何遇，脸色像是吞了苍蝇似的，开口就是：“你来干什么？”

“我今天突然觉得无聊，听说你的好二伯来找你了，我猜应该有好戏看。”何遇摊了摊手，好整以暇地看着沈岫栩还没有放开的手，那神色似笑非笑，又透着几分难以捉摸的意味深长，指着言蹊泛紫的手腕，“你就是这么对我朋友的？”

沈岫栩低头望了一眼，迅速松手，言蹊手腕上一圈白色勒痕特别显眼，久久不散。

随着沈岫栩松手的动作，何遇眼睛一花，看见一个熟悉的身影在楼上的房间一闪而过，如水一样划过的眼神和他对上一瞬，何遇的心一颤，喃喃：“Estella。”

正在尴尬地揉着手腕的言蹊听到这个名字也愣了下，不由得抬起了头，却看到何遇迅速跨上楼梯，一阵风一样从两人中间穿过去。

她想问沈岫栩：何遇要干吗？但是扭头看他还是一副冷冰冰的样子，一双眼睛直勾勾的，不知道望向何处，于是作罢。

“啪——”清脆的碎裂声伴随着何遇怒不可遏的吼声打破沉静：“浑蛋！”

一阵“咚咚咚”的脚步声，何遇又像一阵风一样来到沈岫栩面前，他脸上充盈着盛怒的表情，咬牙切齿地说了句令林言蹊摸不着头脑的话：“沈岫栩，你真狠啊！”

言蹊看他气势汹汹的模样，伸手扯了下他的胳膊，想劝他有什么事情好好说，不要动手！

何遇没理她，自顾自地发泄：“你以为你做出一个和她一模一样的机器人，就能够证明你的良善？”

“我没有想要证明什么。”沈岫栩面无表情地回道。

“呵。”何遇摇着头嗤笑，笑容里是无尽的讥诮，“是，你沈岫栩是个天才，跟你那个冷血父亲流着同样的血，我就是个傻瓜啊！我怎么想不到呢？！你多傲啊，你多坚强、多理性啊，你身上哪需要感情这条神经啊！”

何遇机关枪一样一句跟着一句往外蹦，每一句都像抹着毒液的锋利尖刺，咄咄逼人。

言蹊蒙了，这世界变化太快，她完全跟不上节奏。

她牢牢盯着何遇的脸，惴惴不安。

那是一张怎样的脸？

何遇和沈岫栩差不多高，此刻他面容狰狞，恶狠狠地瞪着面前无比淡定的沈岫栩，浅色的眼眸里写满了恶毒还有咒怨，好像恨不得沈岫栩下一秒立马死去。

言蹊在一旁看着都感觉脊背发凉，她抽风一样地想，下一秒何遇是不是会从哪个不知名的角落里掏出一把刀，在她不经意间捅进沈岫栩身体里？

同时她也不明白，在这样的情况下，沈岫栩怎么还能保持他的云淡风轻？

“有时候我真想知道，像你们这样被人交口称赞的天才，究竟有没有心！你爸配不上她，你，不配缅怀她。”何遇的声线里不自觉有些哽咽，言蹊看到他的眼眶慢慢地红了起来。

何遇捏紧了拳头，闭眼深呼吸，再次睁开时锋芒毕露：“死了就是死了，任何事物都没有办法替代，更别说像她那样拙劣的仿冒品！”他伸手指着楼梯尽头覆着手站立的朵拉，“她死的时候，葬礼你都不去，家里与她有关的事物也被收拾得干干净净，就像Estella这个人从来没有存在过一样。每个人都将她当作禁区，不提，不说，忘记这个人的存在，唯恐触怒你！但是我偏要提，要大声说！我偏要记得！”

“一个人如果在这个世界上连一丝痕迹都没有留下，那她就真的不存在了，你知不知道！”何遇一向是一个混不吝的人，“玩世不恭、放荡不羁”这样的词汇就像为他量身定做。但是言蹊眼尖地捕捉到他眼眶中蓄积的泪光，她想起展信佳说的话，何遇从小就是一个爹不疼娘不爱的人，Estella让他有了对亲情的最后一丝眷恋，不光是抚养了他，而是真正地将这个小霸王一样的孩子当作自己的孩子……

在何遇心里，Estella就是母亲。他对她的敬爱，不亚于任何人。

“你将她的样貌安在一个机器人身上，装模作样给谁看呢！”何遇几近咆哮。

“机器人？”言蹊的脑子慢了一拍捕捉到这个词语，后知后觉地反应过来，原来何遇口中的机器人指的是朵拉。但是怎么可能呢？言蹊下意识想反驳，她跟朵拉相处也有好几个月了，完全看不出来啊！

“怎么可能？朵拉明明……”言蹊喃喃，转眼又想起自己无意中看到的那张夹在书里的老照片，还有那些在日积月累下埋在心底的琐碎疑惑，此刻瞬间清晰起来。

有些一直没有得到解释的真相呼之欲出……

言蹊稍稍有些恍神，何遇拉着她的手臂，直接上了东边的塔楼。

东边塔楼顶层的房间，对于林言蹊来说也是个禁区。

此刻，何遇带着她径直来到顶层的房间前，直接打开那扇门，将她拖到一面墙壁前。那面墙上有一块很大的白布盖着一个方形的框架，何遇扬手用力扯着白布的一角，“唰”的一声闷响，言蹊惯性缩了缩脑袋，微微睁开眼，看见浅金色阳光中浮动的灰尘。

站在一边的何遇伸手扶正倾斜的木质框架，言蹊顺势一看，顿时睁大了眼睛——是那张令她想了许久都摸不着头脑的照片。

何遇不知道言蹊见过这张照片，他抬手抚摸着相框边缘，轻声说：“很眼熟是不是？这个就是 Estella，也就是沈岫栩的妈妈、我的姑姑，楼下那个不过是个仿制的冒牌机器人。卷发的小孩是我，另一个是沈岫栩……这是我们小时候的合照。”

言蹊愣愣地看着相框，从天窗射入的金色阳光洒在浮雕工艺的画布上，轮廓比言蹊拿到的那张小照片更加立体。

后来，何遇给言蹊讲述了他与沈家那些恩怨纠葛，那些掩埋在流言下的真相。

拟人机器人横空出世那一年，沈秉衡作为研发者一夜之间成为业内炙手可热的“人工智能之父”，他将自己儿子的面容还有妻子的名字赋予这个机器人。

沈秉衡认为这个机器人就是人工智能领域一颗最优秀的领路星。

霎时，无数人交口称赞他的才华，数不清的会议、讲座，无一不彰显他在人工智能领域的卓越地位。

“Estella 源自拉丁语，寓意是星星。报纸上关于沈叔叔长情的报道层出不穷，但是，在我的心里，他虽然是一个卓绝的科学家，但不是一个好丈夫、好父亲。他把所有的热情都灌注给了他热爱的科技事业，全然看不到身后的家人，家人已经大半年没有见过他……”何遇苦笑了一下，又继续说。

转折发生在一次英国之行，沈秉衡回国之后，销毁了所有的研究记录、数据，并将他的机器人藏了起来。这让已经准备将机器人技术投入推广的公司高层非常不满，就像是一块利益巨大的蛋糕，眼看马上就要端上餐桌，却在临门一脚的时候被人撤了盘子。

这事情不管搁在谁身上，恐怕都要发疯。

有人说，天才和疯子往往只是一念之差。这句话完美地诠释了沈秉衡。他可以在做研究的时候六亲不认，在舍弃投注了几年心血的机器人时，也干脆利落……

就是这样，冥顽不灵的沈秉衡惹来了杀身之祸，这颗人工智能界刚刚冉冉升起、前途一片光明的新星就这样迅速陨落了。

Estella 对沈秉衡的感情很深，即使沈秉衡眼里只有研究，只有那些冷冰冰的机器人，但是 Estella 一直宽容地在背后支持他，甚至在他死后……

“有句古话说得好，祸不及家人。但是，那群被利益冲昏了头的人显然没有这么道义。Estella 意外死后，很多人谣传她是接受不了沈秉衡的死讯故意撞上去的，这样的说法令他们之间的爱情，蒙上哀伤的童话色彩。看客往往都是感性的，这样温柔的说法轻描淡写地掩盖了这是一场恶性谋杀的真相！”何遇说这句话的时候，又变得暴躁起来，他挥舞着手在房间里踱步，破口大骂，“我知道自杀一说根本就是放屁！是那些凶手掩盖罪行的手段！我知道 Estella 掌握了某种证据，所以才被灭了口！就是这样，我才恨沈秉衡！他根本没有被人爱的资格！他心里只有他的研究，只有冷冰冰的机器，他根本没有感情！在我眼里，研究就是一坨狗屎，害了这个世界上最好的人的性命！”

言蹊哑然，她震惊于这段感情背后掩藏的血色悲歌，因为人性的丑恶感到愤慨。

但是她心中更加不明白的是，沈岫栩为什么要联合朵拉瞒着她朵拉是机器人的事情呢？

是因为不信任她，还是真的像何遇和沈丘鹤说的，他就是一个没有感情的人？

这么想着，言蹊摇摇头，觉得自己这样妄自揣测沈岫栩实在是太不应该了。经过这段时间的相处，言蹊实在是不相信他是这样的人。

她晃着头的时候，眼角瞥见站在门边的沈岫栩，抬步追了上去。

“为什么不告诉我？”她拦下沈岫栩问道。

沈岫栩一偏头，冷冷反问：“为什么要告诉你？”

林言蹊哑然，脑海中浮现出在别墅里和他们相处的点点滴滴，她甚至和 PAN 和朵拉讲过许多心里话，有可能他们就像传声筒一样将这些话告诉给了沈岫栩。

一种被戏弄的羞愧感油然而生，而此刻沈岫栩理所当然一般地反问：为什么要告诉你？

林言蹊觉得很挫败，还是梗着脖子憋出一句：“我当你们是朋友，是伙伴，你觉得这样把我耍得团团转很有意思？你不觉得这样很不尊重我吗？”难道说这段时间两个人之间和谐融洽的关系都是假的吗？

言蹊觉得自己很失败，那种感觉就像是你认认真真赴一场考试，成绩下来的时候，只有满卷的红叉。

“随你怎么想。”沈岫栩瞥了一眼怅然若失的言蹊，冷冷丢下一句，也不解释，绕过言蹊就要走。

这是什么意思？

一瞬间所有的情绪就像是在山腰上埋下的炸弹被引爆，庞大的山峰拦腰被折断，扬起满地废墟和尘埃。

“沈岫栩！你给我站住！”言蹊并不知道自己想说什么，只是这一瞬，她有些难过，像极了一个得不到认可的孩子在无理取闹，借此博得关注。或者更直接一些说，沈岫栩冷淡的态度令她莫名有些委屈，“你为什么总是要做出一副拒人千里的模样呢？为什么要把真正关心你、在意你的人推得远远的呢？”刚才沈丘鹤出言辱骂他，言蹊维护他的时候是这样，现在又是这样。

他的心究竟是什么做的？言蹊不由得在心里问。

沈岫栩真的停下脚步，他说：“我不需要那些。”他慢慢转过身，浑身仍旧散发出抗拒的气息，“一开始我们就是合作关系，我很明确地说过，不该管的不要管。现在这些，不关你的事，我好像没有和你解释的必要。既然你要深究，恐怕我们……”他的话没说完，喉咙里像是被什么东西牢牢地堵住，硬生生地截断话头。

但是言蹊却听明白了他话里的意思：“恐怕什么？”

沈岫栩没有说话，眼皮也垂了下来，只在言蹊靠近的时候跟着后退一步。

“我触雷了，所以我要出界了是吗？”言蹊问。

言蹊的脑海里闪过许多想法和猜测，却在沈岫栩的沉默下逐渐湮灭。

“好，我遵守你的游戏规则，但是，我想告诉你，不是你炒了我，是我不干了！”言蹊咬牙，在冲动的促使下，学着电视剧里格外潇洒地吼道，“You are fired！（你被炒了！）”

言蹊气势汹汹地下了楼，在二楼的楼梯口差点撞上朵拉。她向后退了一步，朵拉规规矩矩站在那儿，保持着他们上楼前的姿势。

言蹊总算知道朵拉身上那种违和感是怎么回事了，她压根就不是人啊！

言蹊觉得自己再在这幢别墅里待下去，迟早会发疯！她快步跑下楼梯，在握上门把手的时候，身后传来朵拉的声音："言蹊……"

言蹊顿了一下，从门上的暗金色金属装饰条上看到自己的脸，她看到自己盈满泪水的双眼，才意识到自己掩藏在愤怒下的悲伤。

只是她有很多事都不明白，比如说沈岫栩的固执，比如何遇的偏执……

还有，这个叫朵拉的机器人为什么叫住她？

金属条上映出朵拉的身影，很熟悉，言蹊脑海里立刻浮现出许多她怪模怪样的装扮和话语，她现在穿着这条黑白相间的黑色抹胸裙，衬得她就像是漫画里的人物一样精致，她们的视线沉默地在光滑的镜面相交。

言蹊等了几秒，决然地推开了门。

阳光倾洒在她的脸上，她仰头收拾好情绪，在门关上的一瞬间毅然决然地用手背擦干净脸上的泪水。

言蹊漫无目的地在道路上奔跑，脑海里可谓是精彩纷呈。

古往今来，多少人在冲动的驱使下做出了违背本意的事情，但是事后，他们都会说："我知道是我冲动了，但是我并不后悔！"

言蹊也没有后悔，但是挫败感仍然如同海啸时扑面而来的巨大浪花，瞬间将她包裹。

她跑得喘不上气，蹲在路边揪着头发休息，地上有一株刚刚冒出头的植物，好像是破土花费了太多力气，软趴趴地歪在一边。

言蹊伸出食指将它扶起来，心想，你真像我。

粗神经的言蹊后知后觉地发现——她又失业了！

一阵汽车鸣笛声越来越近，也没有打断言蹊的伤春悲秋。

“喂！你是要找地缝钻进去吗？”何遇挂在车窗上，好整以暇地打趣。

言蹊扭转身体，幽幽看了他一眼，何遇像是看见她身后蒸腾着的怨气，一时哑然。

“上车……”何遇摸摸鼻子，不再理她。

言蹊老老实实坐上何遇的车，何遇顺畅地开车上路：“接下来你打算怎么办？”

一句话，直击内心。

何遇这个人作为朋友，实在没得说——仗义、正直、三观很正！

要说言蹊不喜欢何遇，全赖他这张嘴！自从他和展信佳好上以后，言蹊就没听他说过好话，碰上这位大爷大发慈悲还能少刺你几句，否则他能用言语让你知道什么叫作无地自容！

“怎么？你不是失业了吗？受打击了？人生不就是风风雨雨，起起落落……”

要不是现在握方向盘的是何遇，言蹊简直恨不得当场把他掐死！

“你能不能盼我点好……”言蹊连说话都透着一股“衰”气。

何遇瞥她一眼，乐了：“失业小能手！”说起来，何遇还是佩服她的，为什么呢？林言蹊简直是搞砸工作的一把好手！据他所知，这一年她就在各个行业里轮转，几乎练成了十项全能，偏偏这些工作呢都干不长久。

没等言蹊爹毛，何遇又说：“你去过星光福利院吧？”

“啊？”言蹊有些蒙了，思维跟不上说话的速度，“你怎么知道？你跟踪我啊？”她确实去过，就是和沈岫栩去的那一次，但是他怎么知道的？

“噗——”何遇方向盘差点脱手，“你是不是傻啊！”

“你跟踪沈岫栩！”言蹊提起这个名字神情又黯然下来，何遇瞥她一眼，眸光明显冷了下来。

言蹊一阵肝颤，心想，敢做不敢当啊！我看不起你！

但是这话她可不敢说出来，要知道这段路还挺偏僻的，摄像头也稀少，杀人抛尸什么的简直不要太简单！

“我是福利院的出资者。”何遇的眼神像是在看一个傻子，脸上没什么表情，简单地解释了一句，“那家福利院是 Estella 斥资办起来的。”

言蹊的表情一下子变得十分微妙。

“你想说什么？”何遇问。

“我觉得你这个人很奇怪。”言蹊说。

“为什么？”

“你刚才在别墅里给我的感觉，是你很讨厌沈岫栩，但是我现在发现，并不是这样。”何遇闻言微愣，没有打断她，言蹊继续说，“你为什么介绍我去沈岫栩家工作？为什么沈岫栩二伯上门找麻烦，你恰好来了，而且还顺便解了围？为什么沈岫栩的行踪你一清二楚？”

她一连问了几个问题，眼看何遇脸色越来越难看，她又飞快补了一句：“这些不关我的事，我并不想知道原因，我就是提出我的疑问而已。”

车厢里保持着诡异的沉默，良久何遇才说：“我答应过Estella，我会像照顾亲弟弟一样照顾他，但是我又很难忘记他是沈秉衡的儿子这个事实。”何遇挑眉，偏过头温和地问言蹊，“是不是很矛盾？”

言蹊没有搭话。

这个世界上，本来就很少有两全的事情，就像很多人空有一颗大展拳脚的心，最后却不得不甘于生活的平淡；又像你不得不为了维持现有的稳定生活忍受许多，例如笑里藏刀的同事、苛刻到极致的上司……这些早在龙图腾工作时就已经清晰深刻地意识到的问题，实在是没有搬上台面来诉说的必要。

而何遇与沈岫栩的纠葛，言蹊现在不想过问，说不上来是赌气，还是怕自己后悔方才冲动之下做的决定？

“现在咱们来解决一下你的工作问题。”何遇没头没脑地接上一句，“我本来以为，以你的性格一定可以和我这个不争气的弟弟处得不错，看来是我想多了。”

言蹊扭头看了他一眼，不太明白他的意思。

何遇没有多说，兀自摇头接道：“本来答应佳佳给你安排个合适的工作，这是一个小意外，你不许告状！现在也快年关了，工作不好找，正好福利院年关时比较忙，你就当去帮帮忙。如果不喜欢，到时候再给你安排其他的工作。”何遇难得好心地解释。

言蹊还在开小差，脱口而出一句：“你这是售后三包啊？”

何遇早就习惯言蹊不经大脑突然蹦出来的话，非常坦率地承认：“对啊，你就说行不行！你要是不满意，还不知道展大人要怎么折腾我！”

何遇朝后视镜望了她一眼，心里好笑，却也不得不“佩服”言蹊，她有一个优点，就是适应力极强，像蒲公英。

蒲公英的种子明明是看起来孱弱的伞盖，被风轻轻一吹就散，随风飘零。在跋山涉水后，它只要一落土，只要有一滴水、一缕阳光，就迅速生根、发芽、开花、结果。

何遇觉得，言蹊就像是蒲公英一样，她瘦弱的身体里蕴含着无穷无尽的能量，支撑她在黑暗中行走，永远不会迷失。这样的人，像永不会熄灭的路灯，是置身于黑暗中的人们最渴望的光芒。

“你突然这么贴心，我好不习惯啊……”言蹊有些忸怩的话，勾回何遇的思绪。

“你别装啊，只要你少和展信佳聚在一起背后说我坏话就算是报答我了……”何遇不给面子地戳穿她，转眼又无力叹息。想想别人家的女朋友都是温柔可人、秀外慧中，自己女朋友处个闺蜜都像是给自己招了个情敌！怎么闹腾怎么来！

日子要怎么过！

沈岫栩扶着窗柩，远远望着蜿蜒的公路。

何遇和林言蹊已经离开许久。

他的手边是一个控制面板，播放着刚才朵拉在玄关口叫住言蹊的场景。

那一声，其实是沈岫栩命令朵拉喊的。

他也不明白为什么，自己会叫住她。

似乎有一个声音一直在他的耳边告诉他，如果现在你不叫住她，以后就再也没有机会了。

那一瞬，沈岫栩的心像被一只手紧紧攥住一样难受。

“言蹊，我们每一个人，其实都像《盲人摸象》中的盲人，凭借摸到的东西在脑海中虚构事物，只看见自己想看见的东西，只能看到现实的一个假面。”朵拉依然站在楼梯口，嘴唇一开一合，眼神却无任何感情，呆板地复述沈岫栩的话。

沈岫栩从门板上金属镜面的折射里看见了泪流满面的言蹊，手指捏紧，指甲陷进柔软的掌心，蔓延开一阵钝痛。

他的声音里有一种压抑不住的沉痛，伸手想要替她擦干泪水，指尖却摸上冰凉的显示屏。他觉得心脏莫名的疼痛，语调缓慢地说：“言蹊……”他不经常叫这个名字，低沉的声线有些生疏，像是低喃，又仿若呓语。

“你不知道，我的生活、我的亲戚，就像是一个个烂泥塘，他们会像水蛭一样，不知餍足……”

“你不该掺和进来。”朵拉和沈岫栩的声音几乎同时在别墅里响起，“你不明白，人能够有多恶。”

像是对这座寂静森冷的别墅，压抑而顽固的对抗。

第十一章
Chapter eleven

林言蹊，承认吧，你栽了！

空气中有一丝寒意，依旧柔暖的阳光倦懒地投洒在大地上，言蹊坐在草地上背靠花圃的白色篱笆，仰头晒着太阳，带着丝丝暖意的阳光熏得她鼻腔里都是秋天干燥的味道。

星光孤儿院的工作很轻松，虽然言蹊被安排负责教孩子们念书，但是平时她也会帮着照顾他们的饮食起居和课余的娱乐活动，偶尔也帮忙打扫或者做一点小甜点。甚至有过一两次和前来教堂做礼拜的教徒们一起聚会的经历。

生活很充实，让她几乎没有时间胡思乱想，想到这儿，被晒得暖暖的眼皮有些酸涩。

微微掀动眼皮，长发挠得她的脖子有些痒，她伸手想要捋顺，耳边响起“噼里啪啦”的静电声，长发还是紧紧地粘在脖子上令她很不舒服。

“秋天的静电简直是逼死黑长直。”言蹊莫名烦躁，直接扎了个马尾。

“那就剪短呗。”欧阳正在花圃里给植物堆腐肥。

欧阳就是言蹊那次跟着沈岫栩来教堂时认识的女生，她剪了短发，言蹊第一眼差点没有认出来。更令她不敢置信的是，原来欧阳是那个不苟言笑的韩秘书的未婚妻！

刚听到这个消息的时候，言蹊简直惊呆了。

一直以来，言蹊认为能够让榆木疙瘩一样的韩秘书喜欢的，甚至一提起都会幸福地笑着的女人，应该是很温柔知性或者文艺清新的类型，而不是像欧阳这样的……

想到这儿，言蹊望了眼欧阳。她留着三七分的闷青色及耳短发，伸展着长腿坐在地上，浅色外套随意地系在腰间，牛仔裤膝盖处的破洞吊着长短不一的白色线头，马丁靴的鞋带松松垮垮地绑着，嘴里叼着一根细长的烟，白净的脸上和手上都是泥，动作娴熟地翻着土，细致地侍弄花草。

在她低头的瞬间，露出后颈下方的圆形文身。

据欧阳说这个图是一个来自芬兰赫尔辛基的摇滚乐队设计的——叫作 heartagram，由一个爱心和倒转的五角星组成，含义是“love metal”——一种用摇滚来表达的极致的爱情。

欧阳说她更喜欢这个乐队主唱的说法：这个图案代表生和死、好与坏、善与恶的平衡。

言蹊总来看她护理花圃，也会学学种植技巧。有时候看着看着就会想起沈岫栩家里那个荒芜的花园，真不知道盛放的时候是什么样子？

言蹊魔怔地想着，意识到自己又不自觉想到沈岫栩，暗骂一声，赶紧转移注意力。

“你这是在干吗？”言蹊问。

欧阳拿着一把剪刀，比画着剪掉一些在言蹊看来还挺健康的枝丫。

“剪枝啊，像月季、牡丹、紫薇这些花，都要在秋季修剪，冬天减少养料的消耗，植物也是要冬眠的。”大概是眼睛被烟熏了，她将下巴抬得很高，说话也有些咕哝，手上动作却很利落，“咔嚓”几下完工。她一只手夹住嘴边的烟，一只手抄着花剪叉在腰间，眯着眼打量花丛……

她真的是一个漂亮又帅气的女人。言蹊这么想着。

欧阳撑着地面站起来，将烟蒂弹进身边的易拉罐，然后把装着烟灰的易拉罐小心藏在墙角。

做完这一切后，她叫来在一边帮忙拔杂草的小孩，不知从哪里变出一把拐棍糖，引来孩子们的惊呼。

欧阳将手举得高高的，像个大孩子一样捉弄着这群孩子，甚至有孩子抱着她的肩膀整个人都挂在她的身上。看到这些，言蹊不由得“扑哧”一声笑了出来，笑过之后忽然就定在原地，莫名地就想起好像从没有看过沈岫栩开心地笑过一次……

微风吹得树叶婆娑，吹动颊边的碎发，一阵熟悉的钢琴乐曲和着风声悠悠扬扬地飘荡在空气中，言蹊顺着声源处望去，错眼间看到记忆中沈岫栩在空旷的琴房中弹奏的模样，他的手指在黑白相间的琴键上轻盈舞动……

言蹊有些出神，四周的喧闹声渐渐抽离，她听到心底有一个声音在说：林言蹊，承认吧，你完了……

沈岫栩坐在藏蓝色的沙发扶手上，眼睛一眨不眨地盯着平板电脑——福利院的草地上，灿烂的阳光停留在他们的身上，他们熙熙攘攘闹成一团，素白的脸上和手上沾上了阳光和泥土。他们扬起笑容时，眯得弯弯的眼睛里有实实在在的快乐。

沈岫栩的视线定格在言蹊的脸上，她身边争相绽放的月季花丛，花瓣上的莹莹露珠散发出珍珠般的光泽，也比不上她灿烂的笑容。

他没有察觉到自己嘴角慢慢浮起一丝笑意。

PAN 在一边歪着头，将沈岫栩的一举一动尽收眼底。主人现在变得很奇怪，自从那个女孩不来以后，心情指数持续走低，要么就坐着发呆，要么翻开一本书许久都不见翻页，更反常的是他几乎都不怎么去实验室了。这根本不符合他往常的生活规律，只有在看这些录像的时候会有一点笑意，现在这一段他已经翻来覆去看了几遍了……

“咦？”PAN 正在浏览最近的录像，开口道，“言蹊姐姐离开福利院了。”

“怎么回事？”

PAN 迅速将视频传送到电脑上。

半个小时前，言蹊忽然接到了林毓钟的电话。

电话一接起来，言蹊就从嘈杂混乱的声音里听到了母亲的声音。张素秀的声音很有辨识度，特别是与人争吵的时候，尖锐高昂的声音就像是在旷野里用力吹响的哨声：“呸！我告诉你们，我没我家老林那种好脾气，想糊弄我？把你们领导给我叫出来，不然我就把你们这儿砸了……”

“哎呀，你别闹了！回去再说！”林毓钟焦急的声音传出来。

“你给我撒手！回去我再跟你算账！”林母语气中透露出一种这事没完的狠劲。

……

“爸！爸？”言蹊急得朝电话里不停地喊。

林毓钟一边拉着张素秀，一边断断续续地将事情经过告诉林言蹊——

眼看就要年底了，往年这个时候林毓钟都会去各个合作商那里结尾款。前几天，林母在帮着查账的时候，随口问了句女儿上班的酒店。因着几个月前在龙图腾的意外事故，林父与龙图腾的合作关系也就断了；言蹊也央着林父不要把她已经辞职的事情告诉林母，林父含含糊糊打算应付过去。没想到第二天林母回市场以后，隔壁摊位的新接了龙图腾活计的老板却是另一套说辞……

在林母的逼问下，林父一急，不小心将那天在龙图腾与钱经理的争吵说秃噜嘴了！

所以才有了林母跑来讨说法这一幕！

言蹊赶去龙图腾的路上一直在心中叫苦不迭，心脏怦怦直跳。

她把车随便一停，拨开层层人群，就看见在人群中央撒泼的张素秀。

张素秀两手拍着大腿，含混不清地哭号；林毓钟扶额站在一边不住地叹气，言蹊觉得自己脑仁有些疼。

因为她深谙林母一哭二闹三上吊的套路。

言蹊小的时候，林毓钟颇有些大男子主义，林母很伶俐，从来不和他正面起冲突，但是她那把远近闻名的好嗓子把她的委屈倾诉得淋漓尽致。林父虽好面子，却是个实在人，久而久之只能由着她。更何况林母身处市井多年，练就了一身滚刀肉，说白了就是光脚的不怕穿鞋的，不怕丢人。别看她现在撒泼打滚形如疯妇，她心里精明着呢：你龙图腾不是手段强硬吗？不是权势遮天吗？就看你当着这么多有钱有势的人的面，还敢不敢跟我扯脸皮！

果然，一个主管模样的女人走过来，脸上明显带着强压下去的不耐烦："……有话好好说嘛，要不去我们经理办公室……"

主管想要息事宁人，但是林母没给她这个机会，抢白道："好好说？咋个好好说嘛，你一上来就要告我，咋个好好说！"

“你个臭婆娘，你还蹬鼻子上脸……”钱经理骂道，言蹊看到他吓了一跳，因为钱经理身上一向服帖的西装此刻皱皱巴巴，头发明显被收拾过，但还是有些凌乱，右脸也肿起来，上面有几道鲜红的血痕。

张素秀也不哭了，手叉着腰指着钱经理的鼻子冷嘲热讽：“怎么的？你还想打架啊？来啊！”

“你！”钱经理撸起袖子就要冲过去，言蹊连忙挡在张素秀面前，把张素秀往一边拖：“妈，你干吗啊？”

“林言蹊，你能耐了啊！你自己工作懒怠惹得客户投诉，要不是我兜着你的破事，你离职走得了正规程序吗？现在你傍上个有钱人，你家人就来捣乱、砸酒店，我倒要看看你那个相好的这次怎么救你。你，你们一家等着吃牢饭吧！”钱经理看到言蹊孤身一人，立马来劲了，破口大骂道。

言蹊知道他口中的“有钱人”“相好的”指的是沈岫栩，大概是上次沈岫栩帮她出头被钱经理误会了。这样想的还不止钱经理一个人，言蹊听到人群中有窃窃私语：

“这不是上次在咱们大堂里闹起来的那个人吗？”凑热闹的。

“原来她就是林言蹊啊！”恍然大悟的。

“我在之前那个酒店就听说她的光辉事迹了……”满是嘲弄的。

“我听说她转行了啊？我听人说她在商业街那边做服务员呢！”幸灾乐祸的。

“她在咱们这一行可是出了名的，不转行还能干啥啊！留下来丢人吗？”自以为是的。

……

各种各样的声音纷至沓来，言蹊只能装作没有听见，咬唇站在原地。当初被钱经理设计赶出酒店的时候，她就知道会有这样的一天，不是没有据理力争过，但是她在龙图腾无权无势无倚仗，根本摆脱不了被抹黑扫地出门的下场。如今一切都已经盖棺定论，她也只能背上这口硕大的黑锅，甚至在整个栖临的酒店行业里声名狼藉……

沈岫栩看着监控录像里被指指点点的言蹊，皱紧了眉头："怎么回事？"

PAN面无表情地调出几段录像："上次我侵入他们的电脑，找到了这些视频。经过我的筛选，有这几段录像。"

沈岫栩点开第一段，言蹊压抑着情绪的声音传了出来："我没做过，我没有动过客房的任何东西！"

"不是你说没有就没有！客人投诉，就一定要给客人一个交代！"钱经理疾言厉色，"你服个软，这个事情就这么了了。进了服务行业就别给我谈什么尊严，道歉低头你会少块肉还是怎么的！"

又点开一段。

"你知道的，天上不会掉馅饼，我为你得罪了这么一个大客户，你总得给点表示吧？"钱经理色眯眯地笑了起来，眼睛里闪烁着不怀好意的光芒，"这样，今天晚上你来这儿找我……"

沈岫栩依稀看到视频里的钱经理递过去一张房卡模样的卡片，伸手就要拉言蹊的手。言蹊急忙向后退了两步，脸上写满了厌恶：“服务行业没有尊严，但我不是摇尾乞怜的哈巴狗！我的服务也不包括贴身服务！”

“你不要不知好歹！”钱经理眉毛倒竖，威胁道。

沈岫栩心里充盈着一股说不清道不明的怒气，快速浏览了后边几段视频，很快就明白了事情的经过。他嘲弄地笑了起来，看着视频中的钱经理似乎十分满意周围的窃窃私语，骂骂咧咧地说些不干不净的话。

沈岫栩的目光难得地凶狠起来，吩咐道：“把这几段视频投放到龙图腾大堂的电子屏幕上！”

“我说你一个大男人，嘴怎么这么臭！”林母语气尖锐，言蹊觉得难堪，又害怕林母会相信周围的风言风语，拉了拉林母的袖子：“妈，咱们走吧。”

林母甩开她的手，言蹊脸色颓败地想起以前念书的时候，曾经和班上一个同学发生争执。她永远记得回家之后林母严厉地呵斥：“你自己想想人家为什么偏偏和你有矛盾……那就是你的问题！”

这是一个很奇怪的理论，但是言蹊偏偏就记住了。

这时候，林母突然吼道：“我的女儿我知道，她不可能这么做！”

言蹊惊呆了，这还是自己那个不管你怎么和她讲道理，都听不进去，只知道胡搅蛮缠的母亲吗？是那个常把“你还年轻，你懂什么？我比你多活几十年，知道的比你多多了！”挂在嘴边，然后附带无尽唠叨，还时不时使用暴力，使自己接受她的观点的母亲吗？

钱经理像是没有听见，只是扫了眼窃窃私语的人们，得意扬扬地看向言蹊，与言蹊从龙图腾离职那天如出一辙。

那天，璀璨的阳光照在言蹊身上有些冷，他凑近言蹊说：“林言蹊，你难道还不明白，‘公道自在人心’在这个世界上根本就无用！这个世界上多的是踩着别人肩膀向上爬的人，这样的人，才能站在上层！而你，只有做垫脚石的命！”

第十二章
Chapter twelve

其实你与昨日的我，
活到今天变化甚多。

“林言蹊，只要你现在向我低头，我可以既往不咎……”钱经理无耻地笑道，“否则我现在就报警抓你们一家！”

“分明是你借职务之便仗势欺人，还纠缠为难和我同期的几个实习生……”

“那又怎么样呢？你有证据吗？”钱经理有一瞬慌乱，肃了肃表情马上恢复如常，“这年头，不是光靠这一张嘴就可以随便乱说的，你知道什么叫作诽谤！”

就在两边僵持不下之际，酒店大堂的广播突然响起，众人默契地安静下来，看向播放视频的大屏幕。

言蹊扫了一眼，顿时惊呆了。

屏幕上播放的，不知是酒店哪一层楼的监控录像，钱经理站在一个女人对面笑得狡猾："要知道可是有好几个人找我，这个空缺，不止你一个人盯着呢。你明白我的意思吧？"背对监控的女人没有动，钱经理像是得到某种暗示，靠过去揽住女人的肩，带着她进了最近的客房。转身的一瞬间，言蹊认出来是刚才那个出面调解的主管。言蹊往人群看了一眼，主管的脸上一阵青一阵白……

屏幕上画面一转，这次是仓库，因为光线昏暗，只有两个模糊的身影。

"人靠衣装马靠鞍。这批生活用品换个包装，谁知道它是几等货？老刘，人要知道变通，守着规矩是发不了财的！"是钱经理的声音。

"这……"被称作老刘的人明显有些犹豫。

这时候，画面一转，屏幕上是钱经理的银行转账记录，好几笔数额硕大的转入记录……

……

接下来的每一段视频都披露了钱经理利用职务之便谋私的铁证，包括他用以次充好的沐浴用品导致入住客人皮肤过敏，然后联合主管嫁祸给言蹊的经过……

闹剧是怎么结束的，言蹊已经记不清了。

只记得林毓钟走过来，长长地叹了口气，拍了拍言蹊的肩膀："走吧，咱们回家。"

在回家的路上，林母状似不经意地问言蹊现在有没有工作，林言蹊正因为刚才那些及时雨一般出现的监控录像疑惑不已，压根没有将林母的话听进去，随意地点了点头。点完头后，她意识到自己的动作，惴惴不安地抬起头来补充了一句："在一家福利院做老师……"

林母的神情慢慢严肃起来，张张嘴，在她说话之前，林毓钟抢先冲言蹊笑道："你喜欢做什么就去做，爸爸支持你！"末了，瞪了林母一眼。

林毓钟的想法很简单，女儿从小到大被妻子管束得几乎没有什么自由，就像个木偶人一样一令一动，看着学习成绩很好，也十分争气读了所还不错的大学，但是在他们夫妻面前却越来越木讷，也越来越疏远。

每每当他看到别家的孩子在父母面前撒娇的模样，他心中就没由来地发堵，还有一丝怅然若失的失落感。

林毓钟的目光随着言蹊渐行渐远，深深地叹了口气，说道："女儿这么大了，有自己的想法了，该走什么样的路她自己可以拿主意，你那套管束她的想法是害了她！她的人生如果有弯路要走，那就是命！吃了亏得了教训，就长大了……"

林母看着林父明显带着警告的脸色，鼻子用力地喷出一口气，扯了扯嘴角终究没说话。

沈岫栩在监控画面中看着言蹊离开龙图腾的背影，慢慢放下了平板电脑。他坐在沙发上不知在想什么，目光定在对面的书架上，眼神一晃，手指从书柜上慢慢拂过，脑海中渐渐浮现出言蹊无聊时抱着抱枕在这里看书的模样。

从来没有人给过他这样的感觉，只要言蹊待在身边，即使两个人只是各自安静地看书，他都觉得莫名安心；而看不见她的时候，原本就贫瘠的人生好像突然凭空塌陷了一块……

你的目光会不自觉地跟着她走，你的思绪随时会被她的身影占据，脑海里也开始出现一些莫名的想象，你会期待她的到来，就像是告别黑暗时转头看到如约而至的晨曦。

而现在，一切都被他亲手毁掉了。

一开始他也在想，言蹊不是第一次被他的冷言冷语刺伤，但是第二天，就会被她抛到脑后，会不会这一次也是一样？

沈岫栩忽然想起 Estella 给自己讲的故事里那个被所有人孤立的小王子，他的骄矜和傲慢，还有城堡里的臣民们对他的偏见都将女骑士远远地推离了小王子的身边。

Estella 在讲述这个故事的时候，眼神有些迷离，像是在压抑些无法言说的情绪。她用彼时的沈岫栩还不理解的语气说着这样一段晦涩难懂的话——孤独不是没人关心和陪伴，而是能给你那些的人，不在了。他把那些都带走，留给你一种名为回忆的东西，就像是把你搁置在一个真空的罩子里，与这个世界隔离开来。

沈岫栩忽然觉得冷，从玻璃房投射下的金色光芒好像是被过滤掉了温度。在这个冰冷的罩子里，他第一次这么深切地理解了“孤独”这个词语，他也忽然意识到，那个连笑容都带着灼目温度的女孩，是真的被他的愚蠢赶走了。

他冷冷地看着搁在沙发上的平板电脑里的两个人影，心中那种陌生的酸胀情绪再一次涌上来，坚硬的指甲在他失守的意识下，深嵌进柔软的掌心……

日子一天天过去，言蹊丝毫不知情自己每天的一举一动全都被人收入眼底。

最近她经常走神，整天都迷迷糊糊的。她仍然觉得不可思议，想不清楚到底是谁如此神通广大，不仅找到钱经理的所有罪证，还用如此大张旗鼓的方式帮助了她，甚至带着一点为她泄愤的意味。

心里不停地想着这件事，言蹊有时候也会猜测：是沈岫栩帮了自己吗？

但是马上又会被她否认：林言蹊，醒醒吧，怎么可能啊！

那天沈岫栩拒人千里的面貌还历历在目，她一闭上眼睛就想起沈岫栩每次说“不关你的事”时脸上的不耐烦。

现在自己没在他身边聒噪，他肯定正全副身心地投入实验中……言蹊怏怏地想着，觉得很泄气，又不由自主地担心：也不知道他有没有按时吃饭，平时做实验的时候总是不顾时间……

呸呸！怎么又关心起他了？真是没出息！言蹊赶紧叫停。

她控制不住地又想：如果不是他，又是谁呢？展信佳，还是何遇？都不像他们的处事手段啊。

言蹊摸不着头脑，这样心不在焉地穿过福利院的走廊，进楼时差点撞上赵则。

赵则有些好笑，眼疾手快地扶住踉跄的言蹊，往上挪了挪掉下鼻梁的金边眼镜，笑呵呵地打趣："怎么每次见你都冒冒失失的？"

"不好意思！"言蹊被吓了一跳，意识立马回笼，有些不好意思地道歉。

"怎么了？"赵则隔着镜片上下端详言蹊片刻，眯着眼睛敏锐地问，"有心事。"

是非常肯定的陈述句。言蹊愣了下，赵则忽然就兴致盎然起来，摸着下巴试探道："让我来猜猜……跟沈岫栩有关？你和他闹别扭了？"

"才没有！"言蹊下意识反驳，有些冲的语气令赵则愣了一瞬。言蹊意识到自己的反应太大，有些讪讪地别过头，却心虚得不敢抬头看他，声音细如蚊蚋，"你怎么知道？"

赵则嘴角含笑，抱着胳膊优哉游哉地看着言蹊，言蹊只到他肩膀，低着头束手束脚地站在他面前，薄薄的发丝藏不住耳郭的薄红。

还真是个没有戒备心的人，这么好骗，却能让人产生莫名的好感，真是奇怪。

在赵则暗忖的空当，二楼冲下来一个护士，看到赵则后用一种无比庆幸的口吻说："赵医生，您在这儿啊！赶紧过去开会吧！院长都到了，就等您一个了！"

赵则扭头应道："我马上就来。"转身狡黠地冲言蹊眨了眨眼说，“要不你在我办公室等会儿？”

言蹊有些忸怩，但是心里有许多事情想不通，赵则明显跟沈家有些渊源，于是点头答应了。

赵则跟着护士向会议室走，心里却隐隐有些不安，好像忘记了什么很重要的事情。直到踱步至会议室门口时，他才猛地想起来月初自己将诊疗室借给那位暂住，不由得拧紧了眉——她这几天都是早出晚归，今天早上也是早早出了门。赵则瞄了一眼手表，想着她应该不会这么早回来。护士开门时见他还在发愣，赶紧把他推了进去……

福利院的孩子有许多都是在已经记事的年纪被抛弃的，多少都有些心理问题。言蹊性格好很受孩子们的信任，也多次在他们接受心理辅导时陪伴在一边。对于赵则的办公室，言蹊并不陌生，进门正对着一扇大窗户，窗户的左边是黑色的办公桌，办公桌后有一个书柜；窗子的右边有供休息的沙发和茶几，茶几上摆着一套简易的茶具。沙发边上有一扇紧闭的房门，挂着“心理诊疗室”的牌子。

言蹊刚在沙发上坐下，办公室的门就被人从外推开，言蹊以为是赵则回来了，心说：开会这么快？

出于礼貌，言蹊从沙发上站起来，一抬眼却愣在了原地。

她怎么也没想到，开门的，居然是周密！

周密也没想到会见到言蹊，手在门把上顿了一秒，才又关上门。

“好久不见。”周密笑着打了个招呼，拎了个巴掌大的快递盒子走到办公桌边，从下层的抽屉里翻出剪刀，自顾自地坐在转椅上开始拆。

动作一气呵成，无比熟稔。

言蹊扶着沙发扶手坐下，脑海里飞速旋转。

周密和赵则认识？而且关系还不错的样子！

水壶与桌面碰撞的声音在耳边响起，言蹊回过神来，周密不知什么时候已经走到茶几边，拿着水壶慢慢清洗一只小巧的灰釉茶碗，杯身内外手绘着惟妙惟肖的樱花。

看见言蹊打量的视线，周密大方地将茶碗托在手心送到她面前，桃花眼眯成一条流畅的线：“好看吗？我前几天刚买的，赵则这里的茶具实在是老头子的品位，看得我心烦，干脆给自己买了一只。”

言蹊瞥了眼面前的暗色陶土茶具，又快速扫了眼周密手心的茶碗，她没有回答，周密也不在意。

言蹊知道，周密从来都是只顾自己的人，就像不喜欢这套茶具，宁愿照着自己的喜好买一只茶碗，丝毫没有想过两种迥异风格的茶碗放在同一张桌子上，实在是有些不伦不类。

周密倒了一碗茶握在手心里，问她：“最近怎么样？”

言蹊一愣，心中感慨万千。

有时候，人和人的关系能够从一句话轻易品出来。

久别重逢的两个人，如果只能够用“最近怎么样”做开头，那么，你们之间流失于时间里的曾经那些美好光景，此去经年，已然浅薄。

想到这些，言蹊说不清心里是难受多一些，还是愤恨多一些？她心里纠结着，潦草开口，态度有些敷衍：“马马虎虎吧。”

她的眼睛盯着茶杯里的茶叶沉沉浮浮，打着转渐渐停在杯底的樱花边，完整得就像是泡着栩栩如生的樱花。

人生大概就是这样，一盏茶、一静坐、一段好时光，人走茶凉、白驹过隙，剩下一碗蜷伏在杯底的渣滓，浓烈归于冷淡，浮沉渐渐安于稳淡。

而曾经闷在心底的许多质问，现在真正见上面了，她却不知道该怎么开口。

沉默令时间浓稠，言蹊淡淡收回视线，慢慢生出许多尴尬，装作不经意地反问：“你呢？这么些年都在哪里？”

“我啊？”周密抿一口茶水，手指摩挲茶碗边缘，歪着头回忆几秒，“高考之后就去加拿大念书了，毕业后也不知该去哪里好，就干脆待在那边，混日子罢了。”

她突然站起身，顺手将茶碗搁在茶几上，走到窗边自顾自地说道：“说起来我自己都觉得好笑，以前呢，我的梦想就是逃离栖临这个令我痛苦的地方，去到……无论哪里都好，只要远离了这里。”

她将“这里”两个字念得格外重，望着远处云卷云舒的晴空，眼神悠长：“那会儿，我觉得外面的世界一定很精彩。可是当我身处加拿大，一个人抬头看天，又觉得其实也不过如此。异国他乡云还是云、月还是月、星还是星……而就在这一切看起来没什么区别的景色里，我看着身边川流不息的人，他们的皮肤、发色、语言、信仰都与我截然不同。那一瞬间，我突然明白，加拿大很好，却不是我的家。我现在拥有许多以前不敢去想的东西，但我觉得并不快乐……”

周密说得云淡风轻，笑容满面，眼睛里却没有丝毫笑意。不知怎的，她突然就将从没对人提及过的感触完完全全地对言蹊吐露了出来。

“是吗？”言蹊点点头，不置可否。这一刻，她管不住自己的大脑，也不想管，她脱口而出，“我还以为狼心狗肺的人都比较逍遥快活。”

有些愤愤的、怨毒的呢喃声落下，办公室里弥漫着死一般的寂静。

周密的动作明显僵了一瞬，很快又恢复自然。她也玩味地跟着反问：“是吗？”随后低笑一声，抬眼看着言蹊，调笑道，“言蹊，在你心里我就真的是铁石心肠吗？”

周密的眼睛里包含着说不出的复杂情绪。

她们是高中同学，也曾交心过，在高考之后分道扬镳，已经好几年没有联系。

不对，大一时两人还见过一次。言蹊嗤笑，大一那年，周密回国，带走了当时已身为展信佳男友的徐择一。

周密、徐择一和展信佳，他们三个人之间的爱恨情仇，堪比恶俗八点档言情剧，而林言蹊属于道听途说。

毫不夸张地说，成年之前的林言蹊，简直堪比古代待字闺中的少女，家里管得很死，结交朋友的范围仅限于自己的同桌，也就是徐择一。周密是少年徐择一所有的梦，从他们初中相识开始，一梦好些年。

却没想到，高考结束后，周密没有和任何人打招呼，彻底而干脆地离开了栖临。徐择一找了整个暑假，煞费苦心，却只得到那个自己发誓要保护一辈子的女孩已经出国留学的消息；而另一个消息如同晴天霹雳，周密根本就不像她自己形容的是一个孤苦伶仃的孤儿，她的妈妈正半死不活地卧床在医院……

从头到尾都是谎言，他爱着的那个孱弱的、羞怯的女孩，是这场谎言背后最大的骗子。徐择一说不清和周密的感情，究竟是一个美梦，还是噩梦？

而在这场梦中，展信佳是资助过周密的著名企业家的小女儿。

高中时，言蹊没见过展信佳，但是展信佳在林言蹊心目中简直堪比古代劫富济贫的女侠，而徐择一曾提起来就觉得哭笑不得。

命运就像是一双孩童的手，因为它总是将人们玩弄于掌心。你说不清在那双手中会有多身不由己，说不定上一秒还在感慨上帝保佑，下一秒就会破口咒骂老天！

为什么会这样说呢？因为言蹊知道，展父资助的对象原本不包括周密，是因为展信佳的一句话，展父才决定额外再加一个周密，周密凭此得以拥有她想要的人生。

展信佳是因为徐择一，才求着父亲资助周密。周密走后，徐择一曾失落伤心到一度一蹶不振，幸好展信佳将他拖出深渊，就在他们情正浓时，周密又杀回国来。

展信佳还在傻傻做着两个人白头偕老的美梦时，殊不知，徐择一早就已经移情别恋。直到两人牵着手站在她的面前，诉说着他们的情深义重……

言蹊听过一则很有禅意的故事，是关于“何为珍贵”的。徐择一和那个修行者很像，在面对这个问题时选择了“未得到和已失去”的周密……

后来，言蹊知道了那句所谓的改变了周密一生的话：当时展信佳只说了三个字——好可怜……

言蹊有些唏嘘，她想，周密有关于展信佳的所有仇恨的、敌视的、嫉妒的感情，也许就是始于这三个字吧。

很久以后，言蹊始终记得在这间办公室里和周密的争执，就像牢牢扎在心上的一根刺。狠不下心拔除，又难以忍受它带来的细密疼痛。

“我做错了什么，让你这么讨厌我？”周密歪着头，疑惑不解地问她，“你知道吗？我很喜欢也很珍惜你这个朋友。你很好，对我也很好，从来没有看不起我，也不因为我故作柔弱的姿态奚落我。有时候我也会嫉妒你，但是每次生出这个念头，我都会发觉自己的晦暗，你总是让人觉得很舒服，忍不住想靠近你，你就像……像太阳，温暖身边人，而我置身在无边无际的黑暗里。”周密的神色中带着挣扎。

“但是就是这样的你，是根本无法了解我这样摇摇欲坠的人生，不明白从小只有自己能够依靠的感觉，不懂那种明明拼了命地想要向上爬，却只能眼睁睁看着自己一点一点慢慢下沉的无力感！”自顾自地说到这儿，周密摇头轻笑，偏过头去平静地问言蹊，“可是没什么好抱怨的，不是吗？生来命就不是我自己能够选择的。”

“至少在遇见展信佳之前我都是这么想的，哪怕我活得连一摊烂泥都不如，我还是可以正视那些看轻我的人。因为我是靠着自己的一拳一脚，在这个世界上活得比任何人都用力！”她的双手捏着窗柩，像是在极力压抑着即将爆发的情绪，面部肌肉紧绷。

“我承认我嫉妒展信佳，她拥有的美好人生是我不敢去想的，她什么都有，甚至一句话就可以改变我的人生。”周密嗤笑一声，“我双手接过那些企业家给我的支票，晃眼的镁光灯、长枪短炮统统对着我，那些脑满肠肥的人假惺惺地笑着说——小朋友，你要好好读书时，铺天盖地的宅心仁厚、富有良心的赞誉之声把我恶心得喘不上气来。

“我站在台上只觉得羞耻，但是我清楚地知道，我需要那些资助，多么矛盾！我不敢出门、不敢看报纸，走在路上也抬不起头，地上如果有条缝，我恨不得一根发丝都不留在地面上！后来我想明白了，这就是一场交易，他们用钱买好名声，而我拿尊严换钱，各取所需而已。但是为什么？什么时候良心可以用钱来衡量了呢！那么当我有钱的时候，我也可以恣意挥霍自己的良善！我不比她展信佳差！”

言蹊看着她侃侃而谈的疯魔样子，觉得好熟悉，像极了影视剧里那些作恶的人，事后用冠冕堂皇的“道理”开解自己的模样。

言蹊站在一边张着嘴说不出话来，其实言蹊自己也说不清楚，是不喜欢周密出国时抛下徐择一不告而别多一点，还是不喜欢周密毫不犹豫舍弃在她心中视为包袱的亲生母亲，或者是回国时默不作声抢走已经身为展信佳男友的徐择一，这样堪比过河拆桥的行为多一点？

周密也能猜到言蹊的想法：“感情本来就是自主选择，难道就因为展信佳的家里资助了我，我就要退出？我不是活该生来就忍受贫贱！我追求好的物质生活，有错吗？”

言蹊盯着她，心里有个不知名的角落被无声触动，她没有办法评判，就像周密说的，自己不曾如她一般一步步走过那些困苦岁月。但是她始终觉得，物质的匮乏不是恣意妄为的理由，贫穷也不能遮盖人的良心。

所以她只能说：“展家帮你，你就觉得不过是有钱。可是我知道的是滴水恩，涌泉报。不管他出于什么样的目的，你的确享有了那些恩惠。我只问你，当初你为什么一声不响地离开？为什么又要回来？”

言蹊字字铿锵有力，一眨不眨地盯着她。言蹊幽深的眼中仿若藏着浩瀚无波的海面，平静无边，周密似是不堪承受那道目光中的重量，别过头。她听到言蹊说：“我们拥有爱惜自己的人，那就是生活对于困苦的我们最大的仁慈，而自私的人永远感受不到。”

周密浑身一震，脑海中不由自主地浮现出少年模样的徐择一总是带着讨好的笑容围绕在身边的画面，还有病床上的母亲殷切地看着自己……

她用力摇头想要挥开那些记忆，挺得笔直的脊背像是被什么压住了，无法承受重若磐石的命运施予她的重量，渐渐开始颤抖。

言蹊将她的挣扎看在眼里，莫名就想起年少时三个人或坐或靠在操场的护栏上，和着清浅的风、和煦的光轻声哼唱着歌。那句歌词此刻无比应景——其实你与昨日的我，活到今天变化甚多……

她们终究都变了许多，曾经彼此害怕多说一句重话伤害到对方，到现在的针锋相对、唇枪舌剑。

言蹊感慨：“我想这就是为什么你现在什么都拥有了，却依然不快乐的理由。”

第十三章

Chapter thirteen

他对你，
终究是不一样的。

赵则等会议一散，第一个冲出会议室，老院长乐呵呵地看着护士气急败坏地跟上去。赵则瞥了眼身后，急匆匆地闪身躲在拐角，目送追着他要交代工作的护士远去，才慢悠悠地走出来。他整了整略有些凌乱的白大褂，施施然就要回办公室，掠过玻璃窗时看到埋头坐在花坛边的言蹊，眉头一皱。

言蹊双手搁在膝盖上，一双眼睛直勾勾地盯着脚尖，直到感觉到有人靠近，一双皮鞋映入眼帘，她才抬起头。赵则站在她的面前，脸上带着一种温暖人心的笑容，温和的双眼仿佛能够洞悉一切，像是纷纷扬扬大雪里突兀出现的木屋，里面燃烧着火舌缭绕的火炉，有一种你无法拒绝的善意和悲悯。

不等他发问，言蹊先开口：“你认识周密？”

赵则没有特别意外，坦然地点点头："认识，我们小时候都是这所孤儿院的孩子。"赵则说着眼睛环视一圈，不远处的草地上有几个抱成一团打滚的孩子，言蹊顺着他的视线看过去，她记得其中一个孩子有先天性听力障碍。

言蹊不太清楚周密的过去，周密从前对此讳莫如深，徐择一也因此忌讳，从不宣之于口。她倒是比较意外赵则原来也是星光福利院的一员，难怪以他海归心理学博士的履历，他却甘心蜗居在这样一所人迹罕至的福利院里。

"你大概不知道，我能够念书、能够出国深造全是仰赖Estella。"赵则的目光有些闪烁，言蹊在里面看出一丝愧疚的情绪来，很快又被他收敛。赵则继续说道，"那时候这里还是一座教堂，院长是牧师，好心收留附近无家可归的孩子，给一口饭吃让他们不至于饿死在街上。Estella 偶然来这儿做礼拜，离开的时候提出要救助这里的孩子……可以说，我、周密、欧阳，还有许多你熟悉的和不熟悉的人，如果没有她，可能就和社会上许多碌碌无为的人一样，过着混吃等死，有今天没明天的生活。"相同的论断言蹊从欧阳那里已经听说过，她没有打断，听得很认真。

赵则同林言蹊讲了许多关于福利院的往事，甚至赵则之所以专攻心理学，也是为了报答 Estella 的助养之恩。

"那时候我还是个很羞怯的人。"赵则说到这里，低头呵呵笑了一声，语气愉快地继续说，“我们都很喜欢那个隔得远远的、看起来就像是天使一样的人，但是也害怕接近她。你知道，这里的孩子总是会有些常人所难以理解的敏感和卑怯。”听到这里，言蹊猛然想起第一次见到周密的情景，她也是涨红了脸半天说不出一句完整的话。

“每次 Estella 来，我都躲起来偷偷地看她一眼。她总带着两个小孩来，一个开朗得过分，一个安静得极端，Estella 每次哄着那个安静的孩子和大家接触时都显得很忧虑……”说到这里，赵则瞥了眼言蹊，言蹊警觉地看向他，“对，你想得没错，就是何遇和沈岫栩。”

言蹊嘴角抽了抽，赵则无奈道：“你不要觉得是我八卦，实在是病人太不配合，我只能从侧面迂回。”

言蹊敏锐地捕捉到这个词语：“病人？”

赵则点点头：“对，阿斯伯格综合征，也是人们常说的——天才病。”

他肩膀靠在树上，温柔地抚摸着树干：“此类患者会对特定领域的事情表现得特别执着，运动协调能力方面有显著缺陷，缺乏对他人情感的理解力，社交能力薄弱、缺少建立友谊的能力，在某一领域却有着超出常人的表现。这是医学上对于这一病症的释义。历史上也有许多大家熟知的名人，例如牛顿、爱因斯坦、米开朗琪罗、安徒生，都被认定患有此症。

“这是我在加拿大留学的时候才接触到的名词，比起当时对沈岫栩自闭症的诊断，阿斯伯格综合征显然更贴切。缺乏交流技巧、比同龄人行为幼稚、性格焦躁……像个不谙世事的孩子。你不要怪他，这么多年，沈岫栩他一直都是一个人，过得很辛苦，不懂得与人相处，不懂得表达感情，不与人交往，与世隔绝。我一直想帮他，但是即便是再优秀的心理学专家，也没办法撬开一个严丝合缝的心房。”

赵则半弯腰凑近一朵杏粉色的月季，扑面而来一阵微甜的花香。他浅笑着将花掐下来，言蹊伸手刚要阻止，赵则已经将花递给她。

他说：“希望你能帮我，我看得出来，他对你，是不一样的。”

言蹊嘴角一抽，有些惆怅。

她记得这株叫作 Masora（玛索拉）的月季，欧阳常说这株花简直就是娇滴滴的大小姐，悉心养护好几个月才开出这几朵花。欧阳要是知道赵则将她的大小姐折了，能拿花铲把他俩一起劈了！

言蹊选择性地跳过这个问题，又蓦地想起沈岫栩的书房里那一排心理学书籍，于是转移话题：“你是因为 Estella 才选择学心理学的？”

赵则理解地一笑，也知道有些事情只能点到为止，他呼出一口气，肩膀跟着垮了下来：“不全是吧，实际上，我确实对于人生该怎么选择很茫然，想要为恩人做点什么的心情正好给我指出一条路来。”

赵则很坦然，但是言蹊总觉得他有什么未完的话没有说出来。

言蹊接到展信佳的电话，她说自己已经到了福利院的门口，正准备进来。

展信佳一向是个闲不住的人，也知道言蹊最近的心情一直十分低迷，于是单方面提出今天带她出去兜兜风。

言蹊顿时就凌乱了，想起周密还在这里，顿时如坐针毡。

赵则将刚才摘花时粘在袖口的小刺拈下来，又望向言蹊匆匆离开的背影，轻声吐出一句："其实人啊，跟植物是一样的。"

越是向往高处的阳光，它的根就越要伸向黑暗的地底。

"你干吗啊？是不是有什么见不得人的事情瞒着我？"展信佳握着方向盘质问道。

刚才她都已经进了福利院的门，想要去一趟卫生间，却被她硬生生拖了出去。

言蹊强撑着哈哈笑了两声，心里冷汗直流，打着哈哈想要糊弄过去："什么见不得人的事情，我这可是翘班陪你，要是撞见院长多不好意思啊！"

展信佳瞥她一眼，看言蹊龇牙不知在乐什么，咕哝了一声："古古怪怪的，别笑了，丑死了。"

路上，言蹊习惯性地和展信佳分享最近发生的事情，只是机警地刨去了遇见周密的事。

她相信，展信佳如果知道周密回来了，绝对会扛着炸药包把福利院轰成平地！

甜品店里。

“你是说沈岫栩家里那个叫作朵拉的女人和PAN是机器人？朵拉是用沈岫栩妈妈的形象，PAN是用的何遇小时候？”展信佳不确定地问了一句。

“对。是这样。”言蹊点了点头。

“心理病人的内心世界真是难以捉摸！”展信佳感叹地咋舌，半晌，转过头来有些欲言又止地说道，“你说……”

“什么？”

展信佳的眼神有些不太对劲，言蹊也不由得慎重起来。似是下定了决心，展信佳凑近她的耳朵说了一句：“你说沈岫栩的家里会不会也有一个跟你一模一样的机器人啊？”

……

言蹊打了个寒战，一个和自己一模一样的机器人什么的，简直不要太恐怖好吗！

“你胡说八道什么啊！”

展信佳歪着身子嘻嘻哈哈地笑起来：“难道不是吗？就像《剪刀手爱德华》里，和机器人展开一段旷世奇恋！”末了，怪模怪样地模仿一句，“我放下剪刀，就不能保护你；我拥有剪刀，就不能拥抱你。”

言蹊第一次没有搭她的腔，展信佳收起玩闹的态度：“哎，其实我觉得他和爱德华还挺像的，一个人生活在古堡里孤苦伶仃的，有着令人艳羡的才华，却不谙世事。喜欢上一个人，却也因为自己的锋芒而止步。”

言蹊还是有气无力地点点头，展信佳将桌面上的热姜茶推给她，话锋一转：“你呢？你喜欢他吗？”

言蹊浑身腾地不自在起来，双手抱着杯子，觉得手心的温度比杯子里的姜茶还要高。

“没有用。”他又不喜欢我，我喜欢有什么用……言蹊黯然地想。

展信佳敲敲桌面，摇了摇手指断定道：“你相信我，他肯定是喜欢你的。”

然后，展信佳花了半个小对着言蹊抽丝剥茧一般，分析那些她所认为的欲拒还迎的、畏惧不前的感情。

“哪有这么多弯弯绕绕啊！”言蹊咋舌，觉得不可思议，“你想多了吧！”

展信佳的论断堪称九曲十八弯，言蹊都快被她说动了，感叹上天究竟是赋予了展信佳怎样一颗七窍玲珑心！

“他家那些叔叔伯伯，听你一说就不像是什么好东西。你不知道，那些利欲熏心的人啊，六亲不认起来简直易如反掌，这些我比你懂。相信我，没错的。”展信佳自信满满地冲她眨眨眼，还对她讲了自己一个好赌的表侄，为了骗家里的钱，一人分饰多角演了一场毫无漏洞的戏，堪称连环套。

言蹊在心里感叹，还好自己家庭简单。

就在展信佳还在心有余悸地感叹“你不知道，我也接到过他的电话，还好我机灵……”时，身后忽然有人叫了声言蹊。

言蹊转身一看，是乔乔。

“谁啊？”展信佳看着穿工装的乔乔，悄悄问了一声言蹊。

“上上个工作认识的同事。”言蹊小声回道，然后和乔乔打了声招呼，瞅见她围裙边上的logo（标识），问，“你换工作了吗？”

说起来，乔乔当初帮了自己不少忙。

“啊，嗯，换了，你走了以后就换了。”不知道为什么，乔乔脸上明显有些尴尬。

“言蹊姐，其实，我一直没好意思跟你说，”乔乔舔舔唇，“其实你被辞退，是因为我的原因……”

言蹊一头雾水，乔乔继续说：“那天那两个外卖，是我把两个外卖的东西放错了，地下商城的那个顾客没有点汤。如果我没有放错，也不会有汤漏出来打湿了她的单据，也就不会被投诉……”

展信佳识趣地在一边玩手机，而言蹊此刻才恍然大悟，原来不是沈岫栩投诉的啊，她一直还以为……

想到这里，她不由得望了展信佳一眼，展信佳也正好抬眼看她，脸上露出个玩味的笑容。

日薄西山，别墅的轮廓渐渐在成片的黑色疏影里模糊了形迹。

朵拉在空无一人的走廊里无声游走，在沈岫栩的房间前停下了脚步。

沈岫栩今天一天都待在里头。

打开门，浓郁的酒味迎面而来。

朵拉走进去，模糊的光线里，沈岫栩弓着身子坐在床边的地毯上。床头柜上蔓延着从打翻的高脚杯里流出来的酒液，滴滴答答地顺着柜脚浸湿了地毯。一边是已经空了的酒瓶，别墅的地下室有一个恒温酒窖，里头保存了许多各个年份的酒，偶尔品品酒也是Estella从前一个比较风雅的爱好。

朵拉熟练地走过去清理一片狼藉的地面，掀开地毯上的一本书，底下的平板电脑上的画面定格在赵则微弯着腰将一朵盛开的月季，递给坐在花坛边的林言蹊。

监控录像像素不高，画面上的颜色也有些失真，但定格的这个画面，却有一种莫名的美感，男人眼中都是柔和的笑意，女人微仰着头……

朵拉呆呆地站在原地，平板电脑上的画面一切："……小王子在高耸的城墙上就喜欢上了她，一见钟情。然而骑士姑娘进城时，却听到许多的流言：觊觎国库中的珠宝而打算谋逆的将军告诉她小王子的残暴不仁，在围着灶台灰扑扑的妇人眼中他是一个傲慢的人，瘫倒在灰尘里瘦骨嶙峋的男人说他是一个没有同情心的冷血的人……唯独盘踞在城堡半空中的恶龙告诉她，小王子是一个好人。但是在童话故事里，恶龙都是恶毒的巫师的帮凶……"

沈岫栩歪着脑袋，眉头猛地皱起来，他抢过平板电脑，用力地摔在地上："不要放了！"

朵拉乖顺地遵从，她能够察觉沈岫栩的低迷，却没有办法理解这些情绪，没有办法追根溯源地找寻到他难过的理由。她只会根据记忆中 Estella 安慰他的片段，一次一次地在他陷入低谷时播放这些音频、视频，企图安慰他。

她不明白，悲伤其实是对人对事的。

“你帮不到我什么。”但是沈岫栩却知道，那种近在眼前，你却清晰地明白再也碰触不到的无力感，像是用钝刀子割肉，割在心头，很痛苦。

他摇摇发胀的头，清了清干涩的嗓子，过了很久才慢慢转向一动不动的朵拉，问道：“你说我是不是做错了？”

这一幕很熟悉，在朵拉的视讯记录里，Estella 也在夜色渐沉的时候带着微醺问她一些问题；沈岫栩在接到 Estella 的死亡通知时，也曾带着这样的迷茫和淡淡的哀愁问她：“以后我需要一个人生活了，对吗？”

画面如此雷同，两张相似的脸，爬满了哀伤的脸，逐渐重合。

只是朵拉依旧没有办法回答。

大概是酒气熏人，绯红渐渐爬上他的眼眶，沈岫栩轻笑一声，自言自语：“我忘了，你怎么会回答我呢？”

朵拉的表情始终如一，她微微弯腰，公式化地说：“一天饮用酒的酒精量不能超过 25g，你已经过量了，而且你不擅长饮酒，所以喝酒后会伴随头痛、头晕、反胃等不适。”

沈岫栩闻言轻笑一声，缓缓抬手，遮住自己的脸上的表情："难怪我这么难受。"语气中是一种后知后觉的恍然大悟。

路灯一盏一盏地无声点亮，照亮洋苏草花田，上空划过几只夜鸟，发出长长的哀鸣，撞进没有边际的黑暗里，那里面隐匿着一座只看得清轮廓的城堡。

第十四章
Chapter fourteen

**我也可以给你送花，
比他多，比他的好看！**

华灯初上。

言蹊从卫生间推门出来，脑袋上顶着一条毛茸茸的大浴巾，在卧室的床上坐下，书桌上整整齐齐地摆着那本《月亮与六便士》。

擦头发的动作慢慢停下，她拿起书，第一次毫无抗拒地想起了沈岫栩。

从第一次见面两个人之间的剑拔弩张开始，到后来对于他的庞大好奇心，一帧一帧地慢慢在她的脑海里划过，最后定格在她在琴房外偷看他的那一幕……

胡桃木色的三角钢琴前，他穿着白色的衬衫，微垂着头。

大概是因为母亲有欧洲人血统的原因，沈岫栩的五官很立体，配着他一头一丝不苟的褐发，有一种莫名的矜贵高冷。苍白的脸，彰显着他的冷漠与疏离。

他弹奏的是德彪西的《月光》，每一个音符都像是深沉的海面上，跳跃闪烁着的碎钻般的月光。

随着旋律逐渐加快，一恍神，她看到沈岫栩抬起头，黑曜石般的眼睛一眨不眨地看向她，深邃的眼底暗潮汹涌。

言蹊好像看到海面上起了一阵风，一种无所遁形的哀伤，从他的眼底弥漫出来，瞬间席卷了她、湮没了她……

言蹊手指揪紧手中的毛巾，湿漉漉的发丝上，水滴汇聚在一缕缕的发梢尾端，然后坠落在她的手背上，冰得她一个激灵。

她回过神来，但那种喘不过气来的感觉似乎还在心口，就像被一只大手紧紧地攥住。她摸出手机，翻到沈岫栩的号码，愣愣地看着那一串数字，不由自主地想：不知道他最近怎么样了……该不该打电话过去？是不是太丢脸了？

言蹊想起那天牛气哄哄地冲他吼的那句“You are fired”就觉得头疼，一只手抓着手机，一只手揪着头发哀叹出声：“啊，当时我是怎么想的啊？！”

在她纠结万分的时候，房门忽然被人从外面打开。

林母一进门就看见言蹊抱着头坐在床上，握着门把手也愣在原地：“这是怎么了？”

言蹊惊得立马弹坐起来，做贼心虚地将手机塞到被子下：“妈！

咳咳——”一个激动不小心呛到，一番撕心裂肺地咳嗽，面色通红。

“哎哟，这是怎么了？”

“咳咳……妈，没事，呛到了。”言蹊挥着手解释道。

林母一边给她拍背，一边嘟嘟囔囔没好气地道：“又在做什么见不得人的好事啊？”

“哪有啊！”实在是条件反射，林母从小就管得很严；言蹊的卧室从来不许锁门，方便她随时进来察看，逮到过好几次言蹊在看课外书……所以直到现在，门外一有风吹草动或者开门声，言蹊就如同惊弓之鸟一般。

言蹊眼尖，看到桌面上翻开的《月亮与六便士》，辩解道：“我刚看书呢……”

书是全英版，林母看不懂。她斜了言蹊一眼：“行吧，你现在也这么大了，我也管不住你了。你爸呢，我多说你一两句就跟我吵，现在你们父女俩是同一阵线的，有啥事也可劲瞒着我吧……我也乐得清闲，懒得管你们……”

言蹊识趣地闭了嘴，林母喜欢唠叨，一旦唠叨上就会一直碎碎念，可以从正月初一的汤圆不够甜，一直数到八月十五的月亮不够圆……

饶是言蹊脾气好，也被她念得百爪挠心，特别是每当林母用这种看似若无其事，实则满是怨怼的语气，冷嘲热讽、明枪暗箭地数落，总令言蹊像是猝不及防喝下掺着碎玻璃的茶，搅得口里一片苦涩、胃里翻江倒海，还不能将不耐烦显露在脸上。

好不容易借口要睡觉将林母送出卧室，言蹊力竭地扑在床上，感觉到肚子被什么坚硬的东西硌了下，她这才想起被子下的手机，伸手摸了出来。一看到屏幕上显示的正在通话的界面，言蹊第一次有了想要骂脏话的冲动：不会都被他听见了吧！

二十多分钟！二十多分钟没有人接你电话，你不知道挂断吗？言蹊腹诽道。想起刚才林母絮絮叨叨的数落，她顿时恨不得一头撞死在手机上！

她抚了抚怦怦直跳的胸口，颤着手将手机贴近耳朵。电话那端一片沉静，言蹊在心里给自己鼓了半天劲，终于试探性地“喂”了一声，紧张的声音都有些干涩，不自觉咽了口口水。

“言蹊？”一个女声接了话。

接电话的人不是沈岫栩，言蹊心里咯噔一下，说不出来是安心，还是失落多一点？

“朵拉？”

“嗯，是我。”朵拉的声音很轻快，“什么事？”

“呃，打错了……”跟朵拉说话根本不需要什么借口，你说什么对她而言都不重要。人类所有的欲语还羞，她都不能理解。言蹊有些颓丧，沈岫栩连电话都不想接她的吗？

“那个，沈岫栩他怎么样了？”终于还是忍不住问了出来。

“他喝醉了。”

言蹊磕磕巴巴地跟父母撒了谎，说展信佳和男友吵架，情绪十分不稳定。

远远地看见别墅时，她在心里不住地跟展信佳道歉，觉得自己用的借口实在是太昧良心。

别墅里左摇右晃飞出来一架无人机，有些熟悉，言蹊眯着眼，认出这是第一次从沈岫栩家回去的时候，给她照明的无人机。

“它的名字叫‘追光’。”朵拉看言蹊盯着无人机若有所思的模样，介绍道，“打个招呼吧。”

打招呼？言蹊一怔，还没来得及抬手，眼睁睁地看到“追光”就像是宠物一样，亲昵地在她脸颊边蹭了蹭，冰凉的触感令她一阵发怵。

言蹊恍惚地问道：“他怎么样了？”

朵拉转身，平静地看向楼上的某一间卧室，言蹊远没有她淡定，“噔噔噔”就往楼上跑。

浓烈的酒味在开门的瞬间扑面而来，逼得言蹊往后退了一步。适应了几秒，患有夜盲症的她看房间里的一切都是朦朦胧胧的，摸索着墙面将灯打开。

地毯上的沈岫栩被突如其来的光线一刺，缓缓抬手遮住眼睛。

言蹊看沈岫栩坐在地上，因为抬手的动作身体失衡，有向后倒的趋势，赶紧上前扶住他。

沈岫栩大概是醉得厉害了，脑子一时没有反应过来，还煞有介事地左右看看。言蹊被他的举动逗笑了，控制不住地想起平时沈岫栩冷言冷语时的傲娇模样，有种异样的反差感在她脑海中轰然炸开，真是见鬼了，居然觉得有些可爱。

沈岫栩视线有些迷蒙，头仰得高高地看着上方的言蹊，咕哝道："你又来了？"

大约是世界变化太快，言蹊感觉自己有些跟不上节奏，不然为什么她根本听不懂沈岫栩的"又"是什么意思。不等她反应，沈岫栩突然揪住她的袖口，像一个孩子失去了心爱的玩具，可怜兮兮地说了句："你，不要生我的气了，好不好？"

"轰隆——"脑子里如同炸雷一般，噼里啪啦将言蹊的理智烧得一干二净。

她有一种想要立马奔下楼，问问朵拉"沈岫栩在她不在的时候究竟做了些什么"的冲动，不然为什么这货像是换了一个人啊！

沈岫栩见她不回答，兀自睁着"雾蒙蒙"的双眼瞧她。

完全招架不住啊！

言蹊顾不上想"生什么气"，没头没脑地就应承他："好，不生气。"

"那你以后不离开了？"

"嗯。"言蹊心想：喝醉酒的人是没有理智的，管他三七二十一，你说什么就是什么！

"也不许躲着我。"沈岫栩的眼睛里开始闪烁着光芒。

“我没有躲你。”喂，虽然你说什么都是对的，但是你不能污蔑我啊！言蹊快被他的反常举动逼疯了。

“不要去找别人，不要看别人，只看着我！”占有欲十足的话里有沈岫栩自己都没有察觉到的妒火。

“只看……嗯？”

沈岫栩没有给她反驳的机会，委屈地控诉：“还有人给你送花，我也可以给你送花，比他多，比他的好看！”

“花？”什么花？这是什么神展开？言蹊蒙了，今晚的沈岫栩实在是奇怪得令她无所适从，比平时更难伺候了啊！

言蹊正一个头两个大，偏偏沈岫栩还不安分，撑着手臂想要坐起来，使不上力又跌回毛茸茸的地毯上。

“小心一点！”林言蹊惊呼出声，眼疾手快地让他靠在床上，沈岫栩顺势扣住她的手腕。

言蹊一惊，往回抽手，但是他抓得很紧。言蹊感受到他越靠越近，心不受控制地胡乱跳动。她掀起眼皮，他醉得迷蒙的眼睛就在眼前，眼神中那种困惑混杂着坚定的情绪渐渐传递给了她。

有些什么难以诉说的感情，瞬间清晰。

言蹊紧张地抿紧了唇。

在距离不到两厘米的地方，他停了下来，他们几乎脸贴着脸，言蹊有种错觉：他灼热的呼吸能把她烫伤……

酒精在空气中放肆挥发、弥漫，醺倒了沉醉在他眼眸中的林言蹊。

接着，沈岫栩头一歪，额头擦过她的脸颊贴在言蹊的肩膀上，他急促地喘着气，感受到从胸腔蔓延至全身的阵痛，低声道：“我好难受，我，该怎么办……”

言蹊还没有缓过来，他差点吻上自己。

这是她第一次和沈岫栩靠得这么近，甚至能感受到他圈着自己的手臂渐渐收拢时的颤抖。他有些朦胧的声音以一种穿透胸腔的力度汇聚到她的脑海中，语气里带着乞求：“我不想你讨厌我，我好难受，你救救我吧。”

言蹊浑身一颤，眼眶迅速红起来。

言蹊咬着唇，有些疑惑亟待解决，因为紧张，她的喉咙干涩得如同一块盐碱地，犹豫地颤声问道：“你，是不是喜欢我？”

半晌没有得到回应，言蹊原本火热的心一点一点下沉，如坠冰窟。肩膀上传来沈岫栩均匀的呼吸，发梢扫过她脖子上的皮肤，激起一片鸡皮疙瘩。

原来是睡着了……

意识到这一点，言蹊僵直的身体才稍微放松一点，说不清心里是失落，还是庆幸多一点？

第二天早晨，沈岫栩清醒过来时，只看到站在一边等候的朵拉。见他醒了，朵拉下楼将言蹊做的早餐端了上来。

沈岫栩抿抿苍白的嘴唇，眼睛干涩，头晕目眩，喉咙因为吞咽的动作有一种凌迟的痛苦。他下意识将手伸向床头柜，喝水解了渴，脑海中依稀记得昨晚好像做了好几次这样的动作，次次都没有落空。

朵拉向来只会执行命令，而不会主动照顾他，那么，是谁呢？

沈岫栩的心隐隐雀跃起来，朵拉端着餐盘适时出现在他面前。餐盘里有一份早餐，白瓷盘里的蔬菜被摆成一朵向日葵的形状，这是言蹊惯用的小把戏。

就像凌乱的线团生出来一小段线头，一杯水勾起了沈岫栩的思绪。就像是萤火虫猛地跌进夜空中，林言蹊扶着门把手进来的身影猛地出现在他的脑海中，渐渐有破碎的画面回笼。

“昨天，言蹊来过？”沈岫栩向朵拉确认。

“是的。”

“不是梦……”沈岫栩捏着玻璃杯自言自语，揉揉发胀的眉心，耳边朦胧地响起一句忐忑的问话：“你，是不是喜欢我？”

沈岫栩的手一顿，愣在原地。

喜欢？

“喜欢？”沈岫栩喃喃出声。

朵拉见他疑惑不解的模样，立马机械地复述在网络上搜索到的“喜欢”一词的释义：“喜欢，泛指喜爱的意思，也有愉快高兴的意思，实际上是一种感觉，包括……”

沈岫栩烦躁地挥挥手打断了她，思绪被她一打断更加乱成一团。他的手不自觉地覆盖在心口上，他觉得自己最近变得越来越奇怪了，似乎都有些魔怔了。

比如说，言蹊会时不时地浮现在他的脑海里；比如说，有时候心里想说的话不知道该如何开口，就会因为急迫变成冷言冷语；再比如说……

沈岫栩看向倒扣在一边的平板电脑，他会忍不住想要通过监控录像知道她的一举一动，这样他会莫名的安心；但是有些画面又让他心里生出一种全然陌生的情绪，又酸又堵……

究竟是怎么回事？沈岫栩完全没有头绪。

难道是病症又加重了吗？他的脑海中蓦地浮现出这样一个猜测。兴许真是这个原因吧，否则自己怎么会变得这样奇怪呢？

沈岫栩想起前几日赵则跟个老妈子似的苦口婆心地劝他，顿时皱紧了眉头，转念又忆起言蹊在遭到他的冷言冷语时受伤的模样，原本防护甚紧的心墙破天荒地慢慢开始裂开一道细缝。

赵则收到沈岫栩主动要求来心理诊疗室治疗的信息时，第一感觉就是，自己是不是存错备注了？

真的是老天下红雨，破天荒第一回啊！连省里的心理研讨会都顾不上，他立马驱车回了福利院。

赵则上楼时，感受到来自四面八方的视线，奇怪地上下打量自己一瞬，没有什么不得体的地方啊！赵则困惑不解，强自镇定上楼，在他推开办公室一瞬间，立刻被那弥漫了一整个办公室的奇怪味道熏得向后退一大步。

“哈哈哈哈！”

赵则转过身，看到欧阳抱着肚子靠在沙发扶手上，晃着满头银色短发笑成一团，甚至夸张地不停捶扶手。

“你搞什么啊？”赵则一只手捂着鼻子，后仰身体指着办公室里一地花团锦簇的盆栽，理所当然地认为是来自欧阳的恶意捉弄。

他算是明白了刚才那些意味深长的视线是因为什么了……

“这可不是我干的，你别冤枉我！”欧阳满脸笑意，擦了擦眼角笑出来的泪水，“这是昨天花卉市场的人送来的，说有人下了订单，收件地址就是你办公室。我觉得啊，要么是你哪个缺心眼的病人搞错了，要么是你得罪了人！”话毕，强忍着笑意上前拍了拍赵则的肩膀，“赵医生，请多保重！”

欧阳远远看见赵则回来，以最快的速度赶到他办公室，就为了欣赏赵则打开办公室那一瞬间的表情，现在热闹看完了，功成身退。

“哎，你把这些绣球花搬走啊！”赵则用手背捂着鼻子嫌弃地又站远了些，看着地上、桌面上，甚至椅子上都摆得满满的五彩斑斓的花盆，颇感无力地扶额道，“随便种在哪个花圃里，五颜六色的多好看……”

欧阳一蹦一跳地下楼梯，走到拐角的时候转过身来，斜视他的眼睛里明晃晃透出“没见识”三个字。她摇了摇手指，好心回答他：“绣球花是没有味道的哦，那是马缨丹，又叫臭草，未成熟的果实是有毒的。咱们院里那么多小孩，不能种，所以……辛苦你啦。”说完，挤眉弄眼地做了个加油的动作，头也不回地就往楼下蹿。

赵则扶额，绝望地往办公室里望了一眼，这叫什么事啊！

同样被花困扰着的，还有言蹊……

“你说你是不是谈朋友了？是不是谈朋友了？”视讯电话里，林母厉声质问。

“妈，不是……”言蹊对着电话急得抓耳挠腮。

“不是谈朋友了，谁会送你这么多花啊？！”林母连珠炮弹一样，像是要说明她的怀疑有理有据，说着向门口走了几步，将摄像头对准了狼狈地抱着几束花往屋里搬的快递员。快递员满头是汗，忙碌的空隙看到对准他的手机，顿了一瞬，咧开嘴露出标准的笑容，白花花的牙衬着黑黝黝的皮肤显得有些傻：“祝您开心快乐每一天！”

身后传来“扑哧”一声笑，言蹊扭头看见欧阳背着手站在身后，费力解释了几句就挂了电话。欧阳伸出食指在下巴处点了点，困惑地问她：“今天是什么好日子吗？一个两个都收到花！”

“嗯？怎么了？”言蹊不明白她这话的意思。

欧阳一想到刚才赵则手足无措、又不得不忍耐的模样，顿时乐了：“不知道是谁，给赵医生送了一办公室的马缨丹盆栽，塞得满当当的，连个落脚的地方都没有。整个办公室都弥漫着马缨丹的味道，臭得呀！”就像真的闻到那个味道，欧阳皱着一张脸不停地挥手扇风。

言蹊的目光落在欧阳脸上，脑海中却想起昨天晚上沈岫栩的喃喃自语：“还有人给你送花，我也可以给你送花，比他多，比他的好看！”

她还以为那是醉酒的胡话，言蹊摸着下巴揣测，所以是他干的好事咯……

赵则花了好几个小时才将办公室的马缨丹搬空，暂时把所有盆栽锁在闲置的仓库，打算到时候找人来搬走。

他整个人深深陷进椅子里气喘吁吁，全身上下都不像是自己的似的。一向服帖没有褶皱的白大褂上面东一块泥垢，西一块污渍，额头上汗津津的，眼镜也松松垮垮地搭在鼻头上。

沈岫栩来的时候没有发出半点声音，正好欣赏到他这样一副颓丧模样。在闻见办公室里那股难闻的异味时，他的眉头皱得快要打结，像极了地主奴役自家长工时，嫌弃却又不得不忍受的模样，还有些隐秘的幸灾乐祸。

赵则在窥见沈岫栩嘴角细微的上扬弧度时，心中不禁打鼓：看见我倒霉有这么高兴？

然而当双方面对面坐下来，一系列心理咨询和测试下来，沈岫栩都异常配合。

“挺好，情况是有好转的……”赵则拿着两份记录单比照，一一分析给他听，右手闲适地在办公桌上敲击，心底琢磨着提出定期来复查的要求他会不会答应。

沈岫栩似乎不是很关心，这样的诊疗小时候也常有。

他慢慢收回望着窗外的视线，神色一黯。赵则掀起眼皮正好看见他明显心不在焉的表情，于是将资料压在桌面上："你好像有什么话想说？"

赵则惊奇地看到沈岫栩的眼睛里似乎染上了困惑，他好像有些犹豫。赵则也不急，留着时间给他整理语言，两人大眼瞪小眼，许久都没有说话。半晌之后，沈岫栩才僵硬地咬了咬嘴唇，像是终于下定决心，缓缓地将自己的猜测与顾虑说了出来。

"这么说，是沈先生送你的花咯？"欧阳坐在言蹊身边，双手撑在两边，歪着头看言蹊。

言蹊愣愣地看着她，一时不知道该作何反应。她下意识想反驳，但是好像她心里也是这么想的。

"你既然拿不准，为什么不干脆点去问问他？"欧阳觉得不可置信，认为这是一个很简单的问题，为什么这两个人却这么纠结？

"反正答案只有两个，是或者不是。你站在他面前，问他：'花是你送的吗？'很简单啊！"欧阳大剌剌地说，心里琢磨着：沈先生也沉默，言蹊现在也这么顾虑重重，她这个旁观者看得好焦急啊！

言蹊好笑地看着她，心里却莫名轻松极了。她真是羡慕欧阳，自信坦率，不像她……言蹊摇摇头。

由于诊疗室里马缨丹的味道太重，所以一直开着窗透气。

沈岫栩将他以为自己病症加重的缘由说出来后，赵则用一种“你不是在跟我开玩笑吧”的表情盯着他瞧。沈岫栩急于想要知道答案，对他磨磨叽叽欲言又止的态度不耐烦极了。

赵则在他那堪比虎视眈眈的瞪视下压力山大，不自在地打了个冷战，起身将窗帘拉拢一点，转身看向视线紧跟着他移动的沈岫栩，顿时有些哭笑不得。

这算是什么毛病？你只是喜欢上一个人而已啊！赵则觉得脑壳疼，自己就是个兢兢业业的心理医生，怎么还要挑起感情顾问的担子了？

就这么一会儿，他的心思百转千回，转念安慰自己，感情生活和谐也算是心理健康的一部分。

第十五章

Chapter fifteen

我希望你，
是我的现在和将来。

“法国作家拉封丹写过一则寓言，讲的是南风和北风比威力，看谁能让行人先把大衣脱掉。北风凛冽刺骨，南风煦煦和缓，威力高下立判。结果在抵御北风紧紧裹紧大衣的行人，因为温暖的南风吹拂觉得很暖和，反而缓缓解开了衣扣。这是有名的社会心理学——南风效应。”

沈岫栩目不斜视地向后院的草坪走去，赵则的话不断在耳边回响。

路过花坛时，他看到一个银色短发女孩正笑嘻嘻地逗弄一个羞怯的小孩，变魔术似的在小孩面前来回捉弄着一双手，脸上不断变换的表情特别生动，然后再虚空一抓，摊开手掌，上面躺着两颗糖果……

沈岫栩有些恍惚，这种能够将小孩的注意力瞬间调动起来的把戏，是以前的老院长惯用的。他想起很久以前听谁无意间提起过，院长老师逗弄的那个有些呆板的、叫作欧阳的女孩，是一个只有姓氏没有名的儿童抑郁症患者。

“每个人的内心都筑有一座城，边域辽阔但是也空无一人，有的人会主动走出来，迎接一些人进去。有的人会在门外挂上一把锁，让能够打开锁的人进去。而你，现在要把通向你的那条路上的荆棘挪开。”赵则的声音还在脑海里回响，“就像南风和北风，可能换一种柔和的方式，而不是一个劲地避开人群，要知道人是不可能一个人独自存活的。

“试着把你心里的话说出来，或许就能够得到你想要的答案。”

沈岫栩站在树下，视线坚定不移，看着言蹊一步步慢慢向他走来。

他的心里有一种很奇怪的感受，像傍晚的地平线迎接太阳的靠近，越来越近，周遭却一点点变得暗淡，最终只留下一小块。而他在那一小块的光影里，注视着眼前这个女孩，看清楚她脸上的倔强、眉眼中的惶惶不安。他从她的眼里清晰地看到自己的影子，看到自己不曾察觉过的着迷。

他被自己吓了一跳，转而又深深地沉迷。

言蹊背着手站在他面前，企图挑起一个话头：“最近好吗？”

沈岫栩想到赵则说的“试着把内心的话说出来”，于是无比诚实道：“不好。”

言蹊本就有些强撑的笑容凝固在脸上，在心里扇了自己一巴掌：跟一个交际手段为零的人客套，我还真是傻！但是你也太实在了吧！

在心里做了一个深呼吸，言蹊再接再厉：“那个……你为什么送花给我？”

“那天晚上谢谢你照顾我。”

两个人异口同声地开口，又同时沉默下来，等了几秒，声音又再次撞在一起：

“没关系。”

“你喜欢吗？”

沈岫栩看她懊恼地挠了挠头，不停抬眼窥视他的面色，显得紧张而无措。

“看到别人送你花，心里很难受。”沈岫栩轻声说，他的手在身侧捏成拳头，没有忍住摸了摸言蹊的发顶，带着一种阳光炙烤过的热度，“还有这样的动作，是别人的手的话，会很碍眼。”

言蹊愣愣地瞧着他，总觉得有什么很重要的事情被自己给忘记了。她垂头思索，沈岫栩却不满她的分神，他的手顺着她的发鬓滑到她的脸颊，轻轻将她的脸托起来，直视她问道：“喜欢我送的花吗？”

言蹊呆呆地点点头，感受到脸颊边的手慢慢抽回去，忽地想起自己一直忘记的事情——监控录像！

“嘿，那些监控录像！”言蹊藏不住事，想到什么就会说出来。

沈岫栩脸上有明显的讶异，还有一瞬不自在，从赵则口中已经得知这样等同监视的举动是侵犯人权的行为，心里的歉疚还有失落油然而生："对不起……我只是、只是想见你……"没有人告诉过他这样做是不对的，他仅仅只是想假装她还在身边，触手可及……

言蹊被他落寞的神色刺得心里难受极了，脑海中蓦地就浮现出他一个人在空荡荡的别墅里，身边只有一台播放着没有他的风景的笔记本，那边在笑着，不清楚他的无助，感受不到他的孤独。

他把所有的情绪藏在厚重的武装之下，只为保护脆弱的感情。

沈岫栩见她一直不说话，指甲深深地嵌进手掌，果然，还是被讨厌了吧。他不想看到她脸上满是对自己的厌恶，那样会让他的心就像是被施以绞刑。

于是他扭头，丢下一句"下次不会了"就要离开，脚步有些不稳。在他转身之际，一只手揪住他的衣袖，阻拦了他的脚步。

他看到那个女孩璀璨的眼睛里满是自己，她笑盈盈地说："下次想见我的时候，就来找我吧。"

之后的好几天，言蹊顺利地被沈岫栩找到。

"言姐姐，男朋友，男朋友来了！"一个小男孩伸出一双胖嘟嘟的手抱住言蹊的手臂，话说得磕磕巴巴，还有透明的口水顺着嘴角流出来。

言蹊耐心地给他擦掉已经流到下巴的口水，顺着他指着的方向看到 PAN 安安静静地站在自己身后。

“小安好笨，是言蹊姐姐。”一个小女孩跳出来敲了敲小男孩的头，小男孩痛得抱住脑袋。小女孩伸出大拇指指了指不远处树下的沈岫栩，用小大人一般的古怪语调教他，“还有，欧阳姐姐说那个才是言蹊姐姐的男朋友！”

“男朋友……甜！”小安咬着手指笑得有些傻。

小女孩皱着小脸朝他“嘘”了一声，扭头警惕地看了看言蹊，自认为小声地警告小安:“赵医生说了不能当着言蹊姐姐的面说的！”

小安转头看去，严肃的小脸上带着一丝苦恼，仰着头，用一种十分奇怪的腔调问尴尬不已的言蹊：“言蹊姐姐，男朋友甜吗？欧阳姐姐说你一看见他就会笑得像我看见糖一样！男朋友是不是很甜？”

言蹊瞪大眼睛望着他们透出旺盛求知欲的双眼，用小心翼翼的眼神瞅了眼身后一脸迷茫的 PAN，有些无语。

欧阳和赵则都教了他们一些什么乱七八糟的东西！还有！这家伙不会和沈岫栩打小报告吧！

“你打算什么时候把你那一仓库臭草带走？”赵则不知什么时候出现在沈岫栩的背后。

沈岫栩斜睨他一眼，继续把注意力放在正在努力用糖果收买两个小孩的言蹊身上，听到耳机里传来的诱哄声，兀自低笑。

“恋爱的酸臭味啊！真是让人嫉妒。”赵则拍拍白大褂，嘲讽道。

沈岫栩不打算理他，抬脚向林言蹊走去，走了两步又转过身，用一种低沉而意味深长的语调笑着说：“听说送花是表达感谢的意思，谢谢你对我家言蹊的照顾，或许你该离她远一些，这样我就不用送出第二份这样的谢礼。”

赵则听到他的威胁，愣了几秒，低声笑骂道：“真是过河拆桥的臭小子。”转瞬又深深叹了口气，透过宽阔的树冠眺望晴空万里。因为这个动作他额头上的皱纹无所遁形，眯着的双眼眼角也爬上岁月的痕迹，好像只有这个时候才能看到，他并没有因为故作年轻的心态，被岁月优待。

这个将近不惑的男人，有着常人难以理解的使命感，他的心底正深切渴望一个不可能再有回应的答案——您看到了吗？现在的我算不算没有辜负当初的恩惠？我的过错是否已经得到救赎？

“男孩有重度记忆障碍，很多东西都记不住；女孩患有声调耳聋症，在他们的世界中，同一首歌可能是不同的……”言蹊很专注地向沈岫栩介绍，他也听得很认真，时不时地跟着点头附和，只是一眨不眨盯着她的眼神，令言蹊毛骨悚然。

“呃，沈先生，你为什么一直看着我？”还笑得那么……诡异！

沈岫栩听到她对自己的称呼那一瞬，不自觉地皱了下眉。这个表情更是令言蹊如坐针毡，是因为点破他一直看着自己，所以令他不悦了吗？

沈岫栩却误会了她的意思：“令你觉得困扰吗？”说完还瞟了不远处正在充当保姆逗孩子的 PAN 一眼，心里有些拿不准。毕竟昨晚在 PAN 的数据库里，有关“怎么做一个优质对象”的资料显示，这种温柔的注视明明是众多女性票选的NO.1。他还费了半天劲拿着笔记本，对着镜子模仿了半天，差点形成肌肉记忆。

但是效果……

言蹊绞着手，略有些不自在，摸摸鼻子说：“也不是很困扰。”只是不久前，你还冷着脸对我凶巴巴的，现在这样……言蹊心里像是有爪子在挠，但是嘴上忸怩着说，“有一点点不习惯。”

“习惯就好。”沈岫栩煞有介事地说，心里表示肯定，就说资料不可能出错。

不远处的PAN看见他又恢复面无表情的样子，双手将嘴角往上拉，做了个微笑的表情和一个“说”的口型。这是昨晚PAN为沈岫栩制订的感情攻略，非常有针对性。

沈岫栩不动声色地收回询问的视线，重新换上“适宜”的微笑，成功收到了甜言蜜语的策略：“因为你很可爱，一看见你，我就很愉快。”

言蹊闻言脸瞬间涨红，浑身像是奓毛的猫，不自在极了。她咽了口口水，脑子里一片混乱：才过一个晚上，沈先生就像是升级了新版本，连跳三级，令人瑟瑟发抖！

还有！不要再用那么专注的眼神看我！还笑得那么温柔！我会控制不住我想犯罪的心理的！

言蹊只觉百爪挠心，头越来越低，心里不停地思索该怎么扭转这个局面，乱瞟的双眼瞥见PAN，心说：就是你了！

“那个，PAN 来这里没事吗？”

“没关系，这里都是自己人。”

作为“自己人”的言蹊顿时想歪了。

这时候沈岫栩又说：“以前每次过来，都是他来替我应付这里的人。”说着又低嘲一声，“你知道的，我不太喜欢也不擅长和人打交道。”

言蹊的视线不期然地和他撞上，被他眼底的嘲弄晃了下眼。那天他和那个自称是他二伯的男人争吵的场景历历在目，那种孤独感就像突如其来的潮汛，汹涌的窒息感瞬间涌来，让人猝不及防。

“可以告诉我关于 PAN 的事情吗？”言蹊小心问道。

沈岫栩深深地看了她一眼，将视线缓缓挪开：“都过去很久了，其实有时候，我甚至觉得那段记忆就像一场忘不掉的梦。”

“上次在别墅和你说的，是一部分的真相。但是他知道，我父亲研究的课题的真相，那些人不可能告诉他。”言蹊有些疑惑，沈岫栩脸上维持着笑容，但是笑意根本没有到达眼底，他突然反问言蹊，“人类应该怎么对待已逝的亲人？”

言蹊思考了片刻，其间沈岫栩很耐心地望着她。

“一开始会难以接受，悔恨悲痛，然后会慢慢走出来，学会面对并且接受他们已经离开这个事实。”言蹊犹豫道。

沈岫栩闻言低笑，缓缓道：“本质上来说就是遗忘，人的大脑很神奇，它会引导人类渐渐走出负面情绪，简而言之就是接受现实。”他又问，“人与人之间为什么不同？”

“性格、行为习惯、说话方式……”她有些不确定地回道。

沈岫栩点了点头说：“我的父亲，研究出一种程序，它可以最大限度地复制人类的记忆，根据大数据里的一些视讯记录研究那个人的行为模式、习惯去模仿，而公司的高层从中看到了商机。

“据统计，每一秒钟世界上就有1.8人死亡，也就是每分钟108人、每小时6480人，一天是155520人。世界上每时每刻都有人与挚爱的亲人、爱人分离，人拥有的时间有限，也许还有许许多多未尽的话来不及说，这些都是遗憾。这些遗憾，将随着坟墓的盖合被埋葬。而这时候，如果有一款机器人，可以像你逝去的亲人、爱人一样和你进行交流，那么对于那些正面临生死分离之痛的人，无异于救命良药。”

沈岫栩顿了顿，看到她皱了皱眉，接着道：“英国之行中，我父亲去拜访了一位人工智能的先驱者，他的妻子死于癌症，他无法接受，于是致力于研究出拟人机器人。他为了复制记忆，在自己大脑上装了一个数据端口。”他说着在言蹊后脑勺点了点，言蹊像是被烫到一样躲开，莫名有些恶寒。

他收回手，理解地在言蹊头上拍了拍：“很疯狂对不对，天才和疯子有时候真的只有一线之隔。我父亲找到那位博士时，他已经陷入疯魔。他误以为他制造的半成品的机器人就是他的妻子，但是又陷入了机器人生涩的模仿根本不像他妻子的循环里……”

言蹊有些唏嘘，隐约听懂了沈岫栩的意思——人拥有的复杂的感情，是机器人永远模仿不了的。

“我父亲真的是个吹毛求疵的天才，他知道画虎画皮难画骨，机器人是无法模仿人的感情的，强行去模拟只会陷入一种是又不是的痛苦里，不如理智地去接受，让时间慢慢磨平伤口。那么拟人机器人的情感程序只是画蛇添足，他不顾公司高层的反对，一意孤行地要销毁所有研究资料，然后就理所当然地被意外地炸死在实验室里……”他说得极尽嘲讽，一双温热的手慢慢盖上他的手背，轻轻地松开他的拳头，他继续说，“那些愚蠢的人，即使害死了他，也没有办法战胜他，找不到机器人程序，于是朝我母亲下手。后来我母亲也被害死了，但是也将他们送上审判的殿堂。在我心中，母亲是枉死的，父亲如果没有研究机器人，母亲就不会死，或者他不管别人的死活，把程序交出去……”

他说着说着就哽住了，双手盖住脸：“母亲在临死前，说：‘你父亲是天才，是英雄，他应该被人仰望、被世人瞩目，而不是被唾骂。还要我不要恨他……’”

“其实，我父亲造这个机器人的初衷，只是为了找一个替代品，能够代替那个常年因为沉醉研究、没有时间陪伴妻子的不合格的丈夫，仅此而已。即使是这样，我也只有 PAN 了……”

言蹊无言地揽住他的肩膀，感受到来自他胸腔的震荡。PAN 是沈岫栩费尽心思恢复的遗物，是那个不合格的丈夫、父亲留给他儿子唯一的东西了！

沈岫栩一向不愿和人提起这些，他没有向何遇解释，也许当时能够静下心来跟何遇说清楚，两个人不会有那么多的“误会”。

但是，想要救赎我的你，也是要揭开那道伤疤探寻症结的人。

有的人看了一眼，出于怜悯发出无病呻吟的感叹；有的人看到一半，自认为无能为力不了了之就走了……

却不知道，那种将伤口展示出来的痛，是一次次不停往长肉的伤口上撒盐的轮回……

你想救我，就一定要清楚我的痛苦。

但我却不知道，你会是救赎我，还是毁了我的那一个？

秋意满满的风，顺着树梢慢慢流淌到树下，带着浅黄色的干枯树叶，在空中旋转几圈，落到两人身边。

言蹊压住满腔的酸涩，几度张口终于缓缓说："你的父母，会以你为傲。"

"你是在安慰我吗？"沈岫栩闷声问。

言蹊点点头，对他带着些委屈的声音完全没有抵抗力。

"那你介不介意再多安慰一点？"沈岫栩的话让她一头雾水，多安慰一点？

像是看懂了她的疑问，沈岫栩张开胳膊将她搂进怀里，耳边清晰地传来一句："像这样。"

言蹊的脸迅速红了起来，心里满是酸胀的情绪，身体也一瞬间僵直。像是电影里的慢镜头，她缓缓抬起手臂，在他坚实的脊背上，生疏地拍着，突然有些不知如何是好。

沈岫栩感受到她的僵硬，鼻腔里全是她身上干净清爽的味道，靠在她肩膀上的头还稍稍暧昧地蹭了蹭，感受到她越来越僵硬的身体，他慢慢收拢手臂，攥紧手心里的肩膀，闭上了通红的双眼，嘴角却浮上淡笑。

他在心里呐喊：就这样吧，时间就这样暂停吧。让我长长久久地抱着她、拥有她……

不远处的草地上。

“哥哥？”小安凑到 PAN 的身边，想要拉着他去捡草地上翻滚的树叶。

PAN 拉住他，轻声说：“嘘，不要去打扰他们。”

小安眨着眼睛，一边的小女孩朝树下看了一眼，问：“他们在讲故事吗？”她记得言蹊姐姐给她讲故事的时候，也喜欢将她搂在怀里，那缓缓道来的声音让她昏昏欲睡，舒服极了。

“是啊，是一个开始不太美好，但是结局还不错的好故事。”

半晌之后，沈岫栩才慢慢地抬起头来，摸了摸她还有些通红的耳垂：“谢谢，有被安慰到。”

言蹊被他一说更不好意思了，但是她非常煞风景地问了一个问题：“你会不会在家里也造了一个和我一模一样的机器人？”她瞪大眼睛，想到那些监控录像，觉得有个和自己一模一样的机器人是一件还蛮有趣的事，也有些可怕。

沈岫栩突然认真起来，定定地瞧着她：“这个世界上，我唯独不会以你为模板制造机器人。”

言蹊躲闪道：“为什么？因为我不好看，还是我的脾气难以捉摸？”

“不是，你很好看，脾气也很好。”他摇摇头，不知道想起了什么，眼里突然盛满了绝望，“如果发展到要制作你的机器人的地步，那一定是我做了什么让你很生气的事情。我会忍不住求她原谅，但是她不会回应我的感情，那会让我发疯！”

言蹊被他的眼神震住了。

沈岫栩深深地望进她的眼睛：“她能模仿你，但那不是真的你。”

有这样一句话：当人处在绝对的孤独中时，除了回忆，再没有什么别的可以作为精神上的陪伴。

沈岫栩一直知道，孤独不是没人关心和陪伴，而是能给你那些的人，不在了。他把那些都带走，留给你一种名为回忆的东西，就像把你搁置在一个真空的罩子里，与这个世界隔离开来。

“我永远不会用冷冰冰的机器和代号去取代你，那样太痛苦了。我希望这个世上唯独你不会变成我的回忆，而是我的现在和将来。”

那双眼睛一旦被感情占据，将会是比百慕大更加诡谲的地域，它牵扯着你的灵魂、你全部的视线，不由自主就被他引诱。

他们说，这个世界上海最深邃、风最清和、星空最璀璨广阔……

言蹊失神地想，大概是因为他们没有见过你的眼睛。

第十六章
Chapter sixteen

你做我男朋友或者我做你女朋友！
都行！

展信佳是什么时候撞破他们的“奸情”的呢？

那是一个风和日丽的午后，阳光的温度刚刚好，风里的凉爽也刚刚好，她在欧阳的带领下走进福利院的时候，他们正在梧桐树下。

“你开心的时候会做什么？”言蹊问。

“我想想……”沈岫栩放下手中的平板电脑，沉吟半晌数道，“弹琴、画画、做实验……”

“那难过的时候呢？”言蹊眼睛里有光芒闪烁，打算将他的回答作为攻克高难度版本沈岫栩的标准。

“画画、弹琴、做实验……”他又数道，说完自己先愣住了。

言蹊撇撇嘴，两个答案除了顺序不一样，有什么不同吗？她白他一眼道："你真无趣！开心的时候就应该做一些特别的事情啊！"

"比如？"

比如……言蹊心虚地瞄他一眼，视线在他英俊的脸上徘徊起来。沈岫栩说到底还是个小白，即便是恶补，也没有能够达到那么高的层次，于是他向言蹊投出疑问的视线。

言蹊回神，脸涨得通红，扭过头，没好气地道："想……想不出来！"

沈岫栩一只手搂住她，一只手轻轻揉揉她的头，用一种特别宠溺的语气说："那就不想了，反正你在我身边的时候，我就不会难过。"

沈岫栩大概是花了心思修炼说情话这门课程，言蹊感觉每时每刻都被他撩得无地自容。

她还来不及不好意思，展信佳冷冰冰的声音就传了过来："谁能跟我解释一下，这是什么情况？"

言蹊顿时觉得头大，知道这次不能轻易逃掉了。她跟沈岫栩打了声招呼让他先回家，跟着展信佳上了她的车。

展信佳从后视镜里斜睨着她，抱臂凉凉道："说说吧，怎么回事？"

言蹊感觉头皮凉飕飕的："是坦白从宽吗？"

"也许！"

"哦。"言蹊咽了口口水，选择了妥协，"那天他问我……"

言蹊的思绪慢慢回到那具有里程碑式的一天。

“你的夜盲症有多严重？”沈岫栩问。

PAN十分不给面子，套用网上的顺口溜接道：“百米开外，人畜不分？”

“百米开外？能顺顺利利看清一米之外的事物，就算是烧高香了！”言蹊嗤道，沈岫栩挑眉，不动声色地等她深入解释。

言蹊放下手中的花铲：“我一直猜测你们在晚上看东西是不是1080P高清或者超清视频显示格式？我晚上的视野算是720P标清或者流畅吧，总是充满意外，像素低不说，偶尔还有很多马赛克。就这里到那边的距离……”言蹊考虑到沈岫栩可能不明白高清和流畅的区别，于是随手指了个位置，正要举例，却顺着自己的指尖看到令她头皮差点炸开的一幕！

何遇正搂着一个绝对不是展信佳的女人，而且！那个女人她也很熟悉——周密！

这两人什么时候搅和到一块的？

言蹊感觉像是有人在她脑袋上蛮横地扣了一个砖块，嗡嗡作响！

沈岫栩没有察觉到她的出神，淡淡地将平板电脑上的《告白100法》关闭，云淡风轻地说：“那以后我做你眼睛？”

久久的沉默令沈岫栩疑惑地抬起头，看到她心不在焉，顺着她直勾勾的视线看过去，眼睛一瞬间眯了眯，眼皮跟着一跳，但是马上又恢复过来。他伸出两根手指，将有点茫然的言蹊扭过来，捏捏她的脸蛋："先不管他们，现在我想问问你……"像是在确认她有没有回神，故意一顿。

"你说……"言蹊只觉内心如有万马奔腾而过，深吸了一口气让自己平静下来。但是她没有想到，沈岫栩接下来的话，会像是一颗地雷一样将她的理智炸飞，尸骨无存！

沈岫栩就那样直直看着她，脸上始终有浅浅的微笑："那天晚上，你问我，是不是喜欢你。"

言蹊噌的一下脸涨得通红，但她还是点了点头。那天晚上他喝醉了，她还以为他压根没有听到这个问题。

"是，我是。"沈岫栩的指腹在她脸上蹭了蹭。

言蹊被他没头没脑的话搞蒙了。

"这个答案虽然迟到了，但是现在，我可以非常确定地回答你，我喜欢你。"他认真地说道，就像是朝圣一般庄重，缓慢而坚定，"那么，现在，换你给我答案。"

"什么？"言蹊已经完全跟着他的思路走了。

沈岫栩很满意，勾着嘴角笑问道："我做你男朋友行不行？"

"……"这个问题，好像超纲了！言蹊的理智瞬间丧失。

"不行的话，我再想想办法。"他贴心地给她留了后路，将不自觉捏紧的拳头往身侧收了收，衬衣的领子好像也太紧了，让他有种被桎梏的幻觉。

“行！”好像生怕他后悔，言蹊又大声地说，“你做我男朋友或者我做你女朋友！都行！”

……

就是这样，他们糊里糊涂地，转换成了另一种更为紧密的关系！

言蹊省略了看到何遇的那一部分，将其他的完完整整、一字不漏地全交代了。

“蹊蹊，没想到啊，你也有这么虎的一天啊！”展信佳“啧啧”感叹道，言蹊本就有些窘迫，闻言更不自在了。展信佳却不想听她扯淡，拍拍她的肩膀赞道，“不错不错，算得上得了我的真传，没给我丢人！”

言蹊傻眼了：“你不生气啊？”

“多可乐啊！我生什么气？母胎单身的朋友脱单了，不应该高兴吗？要知道，这年头脱单比脱贫都艰难！”展信佳用一种看傻子似的眼神看着她，恨铁不成钢地拍着她的肩膀，将一只手伸到她面前慢慢握成拳，“傻孩子，你一定要牢牢将他握在手心里。”

言蹊看着在面前慢慢收紧的手掌，指甲上特意做出来的渐变色看起来跟沾了血一样，让她备感压力。

展信佳还在侃侃而谈：“……要知道沈岫栩还算是个不错的优质适婚对象，他应该没有谈过太多女朋友吧？”

言蹊下意识地点头：“也是第一次。”

“第一次啊……”展信佳笑得邪恶极了，“刚好你也没什么经验。”说着就要开车。

言蹊手忙脚乱地扣上安全带：“去哪儿啊？”

“带你长见识！”

展信佳修长的手指从一排排侧挂的衣服上划过，售货员跟在她的身边不停地为她介绍。

“先试试这几件。”展信佳将手里提着的几件衣服塞进她怀里，言蹊坐在沙发上，回不过神，是给她买的吗？言蹊不自在地扯了扯她的衣袖：“我还没发工资……”她不用看标签也知道这是她买不起的。

“啧……”展信佳朝售货员礼貌地笑了笑，售货员微微鞠一躬走开，展信佳才居高临下地问她，“你之前在沈岫栩那儿工资不是挺高的吗？”

言蹊避开她的逼视，埋头抠着沙发上的一个线头，小声含含糊糊道：“院里上个月有个募捐……”

“你再说一遍！”展信佳瞪大了眼睛，言蹊没骨气地一缩，不敢说话。

“你这么穷怎么没看到有人救济你？谁让你乱发善心的？”展信佳在她脑袋上敲了一下，恶狠狠地说，“你现在进试衣间换衣服，我在这儿消消气！”

“哦。”

言蹊拎着装着刚才试过的衣服的袋子，小媳妇一样揪着展信佳要刷卡的手，展信佳额角一跳："你给我松手！去那儿等着我！"说完指着店外的栏杆扶手前的不规则休息椅。

下边的挑空大堂里常常有商场主办方搭台表演，现下正在表演魔术。言蹊额头贴着玻璃看一个穿着黑色袍子的魔术师，正从高礼帽里掏出几个娃娃，非常绅士地递给直接挂在舞台边缘的小孩手中。

掌声响起，言蹊感觉到口袋里的手机不停振动。

一个陌生号码，言蹊接起电话，那头立马传来一个戏谑的女声："没想到你到现在还喜欢这种骗小孩的把戏啊。"

"周密？"言蹊压低声音问，眼神下意识瞟了一眼展信佳。大概是付款遇到问题，她抱着胳膊不耐烦地催促着，言蹊收回视线，深呼吸，"你在哪儿？"

"我在顶楼。"这时，电话里插进一个男声："给谁打电话？"何遇的声音！言蹊生怕听错，将手机紧紧按在耳朵上。

"一个……"言蹊没有听清，大概是周密捂住了听筒，"我先不跟你说了，有机会请你吃饭。"

顶楼是餐饮区，言蹊立马抬头顺着环形围栏搜索，周密正挽着一个穿藏色羊绒大衣的男人离开。

那件阿玛尼大衣，言蹊怎么也不会看错，那是展信佳拖着她陪着去买的，问过她不下十次好不好看，适不适合何遇！

"你在看什么？饿了？"展信佳埋头将发票收进包里，言蹊却被她吓了一跳，立马道："我不饿！"

"不饿就不饿，喊什么！"展信佳剜她一眼，咂吧几下嘴，"说起来，我倒有些饿了。"

言蹊冷汗都要吓出来了："那咱们回去吧！"

"你在打电话？"展信佳怎么觉得她有些神不守舍，言蹊没有意识到手机还举在耳边，立马将手收回来，捏着手机的手正在发抖也不自知。

"你怎么了？"

言蹊以沈岫栩刚打来电话说想见见她为借口，将展信佳骗出商场。在车上时，言蹊脑子里还是一团糨糊。

"好像好久没有看到何遇了？"她试探地问。

"唉……我都没见过他几次，说是公司最近有个项目，全员加班呢，老板身先士卒呗……说起来，你劝劝你家那位研究狂，这世界上不是人人都跟他似的是个天才，给普通人留条活路吧！"展信佳心不在焉地抱怨。

"你要不要去他公司找找他？"展信佳奇怪地瞥她一眼，言蹊赶紧解释，"他工作这么辛苦，你作为女朋友应该送上慰问！"

"你又是从哪里看来的爱情套路，言情剧里这种慰问一般适用于捉奸现场，宝贝！"小区里头进不去车，展信佳将车停在路边，"在这儿等他？"

言蹊点点头，下了车走到路边。展信佳将车窗放下来，朝还有些呆愣的言蹊招招手，她弯下腰靠近车窗，展信佳将手抚上她还有些忧心忡忡的脸庞，难得地放柔声调：“你放心，就算我不时刻表达这种慰问，何遇也不敢在外头拈花惹草的，他没那个胆子！他敢偷腥，我就敢掐死他！”

路边的霓虹灯光透过车窗洒在展信佳化着淡妆的脸上，衬得她眼神更加澄澈明亮，带着不加掩饰的张扬神采，整个人都是昂扬自信的，高昂的脖颈就像是白天鹅高傲地扬起长长的颈项。

那一瞬，言蹊忽然就怀疑是不是自己看错了，大概是自己杯弓蛇影了。

“我先走了，你不要乱跑，就在这儿等他，前段时间还有人被尾随入室……”展信佳啰啰嗦嗦地叮嘱言蹊，言蹊那个眼神实在让她放心不下，“我最近一到晚上都有些怕出门……”

“怎么？”

“大概是错觉，总觉得身后有人跟着我，特别是走夜路的时候，明明听到脚步声，但是转头又没看见人。”展信佳摸着下巴，打了个寒战，说得她自己都觉得有些诡异了。她哈哈一笑，随口说，“吓唬你的啦，我先走咯。”

直到她的车消失在拐角，言蹊才转身拐进青树坪小区。

这条路言蹊晚上不常走，因为有一段很长的楼梯。

她就着手机手电筒的光走得小心翼翼，周遭十分安静，静得脚步声听起来更加清晰。言蹊猛地停下来，她刚刚好像听到除她自己以外的另一道脚步声！

言蹊下意识回头，只看到一片漆黑，就像有人在你的眼睛上覆了一层不透光薄膜，让人心慌。

人的眼睛在长时间处于明亮的环境中突然转入黑暗时，会有一段时间看不见任何东西，会觉得四周变得比平时更黑。言蹊有一次去看电影迟到了，就是这样的感觉。

言蹊举着手机，深深地望向身后的黑暗，一无所获。她的手心开始冒汗，装作不露怯地转过身，走了几步，那道脚步声又跟了上来，言蹊慌了神，没命地跑起来。

跨过最后几级楼梯，言蹊腿都快软了。

转过拐角处，望见那栋熟悉的建筑，她稍稍安了心。她心有余悸地向后望了一眼，没有看到一双手从她身后斜穿出来。

“啊！”

……

商场的地下车库里弥漫着一种地下特有的潮气。

“你到底想做什么？”何遇压抑的声音在这个空旷的环境里回荡，伴随着“咚”的撞击墙壁的声音，显得有些沉闷。

脊背上传来阵阵闷痛，凉意透过衣服慢慢渗进体内，周密挑眉略偏过头看着近在咫尺的那张暴怒的脸，笑着反问：“你说什么？我听不明白。”

何遇咬牙，举起拳头重重地砸在他耳边的墙壁上，在她耳边恶狠狠道："不管你想做什么，只要对佳佳不利的，我都会……唔。"

何遇瞪大了眼睛，周密双手抱紧他的脖子，牢牢吻住了他。他双手抵住她的肩膀，想要推开她，周密却在他手伸过来的一瞬重重咬住他的下唇。

周密被他推开也不恼，她靠着墙看着何遇抬手擦了擦嘴唇，莫名地笑了出来："从你嘴里听到别人的名字，还真是一如既往地不爽。"

何遇一噎，用手背狠狠擦了一下嘴唇，带着一种厌恶的情绪。

"你讨厌我吗？恨我吗？还是你爱我，但是不想承认呢？"周密脸上诡异地出现一种小女生的甜笑，"你看着我的眼睛告诉我答案。"

他凝视着她，胸口不断起伏，重重地说："真是个疯子。"

周密看着他大步离开的背影，用刚才咬他那股狠劲，恶狠狠地吼："是啊！我疯了，在看不到你的日子里，我疯了！每一天都像个疯子一样质问自己当初为什么会让你离开！"

何遇没有回头，她的眼睛里，有种飞蛾扑火时也难以抵挡的疯魔与狂热。

车前灯划过，周密扭头让眼睛逐渐适应光芒带来的不适。

"我会爱你，我会让你回到我身边……"

就像一颗小石子掉进水面，在细小的涟漪下，地下车库逐渐归于平静。

第十七章
Chapter seventeen

她毛病这么多，
我怎么放心得下？

“你怎么样？没事吧？”言蹊哆嗦着摸上沈岫栩涨红的脸颊，仍旧没有回过神来。刚才突然有人搭上她的肩膀，她的魂都快吓飞了，她闭着眼就是一通乱砸。

“嘶……”沈岫栩正要说话，扯到脸上的肌肉，传来一阵刺痛，于是推开言蹊的手摇了摇头。看她一脸内疚，他强压下酸麻笑了笑，揉着她的头，“现在好多了。”

“你怎么跟在我身后都不出声啊？吓死我了……”言蹊心有余悸。

沈岫栩的手一顿：“有人跟着你？”

“不是你吗？”言蹊诧异地问，沈岫栩心里一沉，稍稍琢磨就明白过来，冷着脸不发一言。

“我一直在你家楼下等你。”他脸上一片冷凝，面部线条紧绷着。他本来是想目送她安全到家，远远看到她神色慌张地跑上来，刚拍上她的肩膀被她的尖叫吓得一蒙，这才意识到不对，但为时已晚，混乱中被她的手机砸到，好不容易才把她安抚好。

言蹊悄悄瞄了沈岫栩一眼，他脸色非常吓人，低头沉思着，PAN突然插话：“要不请个保镖吧。”

言蹊嘴角抽了抽，见沈岫栩明显打算接受这个提议，心里生出一种不好的预感，她打着哈哈委婉地表达这是个馊主意：“请保镖太夸张了啦，其实可能是我看花眼了，你们也知道我有夜盲症嘛……”

沈岫栩甩了个眼刀过去，言蹊立马闭嘴，明白这件事已经不容置喙，皱着一张脸。

沈岫栩为了打破沉闷的气氛，随口问了句：“那是什么？”在刚才的混乱之中，言蹊手中的袋子洒了一地，被PAN捡了起来提在手中。

“哦，是佳佳给我买的衣服。”

沈岫栩闻言皱起眉头，用眼神询问PAN：这算是男朋友该尽的义务吗？

PAN歪着脑袋略有些犹豫，但还是笑着点头。沈岫栩立马收回视线，只是他的余光依旧斜盯着手提袋，不善的目光中还带着点懊恼。

“我记得你把我开除的那个月……”沈岫栩说到这儿顿了下，幽幽地扫了言蹊一眼。

“我错了！”言蹊虽然不明白他为什么又提起这件事，但还是从善如流地认错。

沈岫栩低笑一声：“你把我开除的那个月的……”沈岫栩还没说完，言蹊抱住他的胳膊凄凄惨惨地哀求道：“我真的错了啊！沈先生，你大人有大量跳过这段吧！”

言蹊简直无地自容，他一说“开除”这俩字，言蹊的脑子里就自动播放那一幕，跟没吃药似的。

沈岫栩伸手在她的发顶抚了一把，顺势将她搂在怀里，将下巴搁在她的脑袋上：“我是想说，那个月我没给你发工资。”

言蹊双眼一亮，沈岫栩像是被取悦到：“明天去给你买衣服。”

言蹊像石像一样呆愣在原地，沈岫栩却只是揽过她的肩膀，薄唇轻启：“送你回去。”

“不能折现直接给我现金吗？”言蹊抓狂，不死心，被他带着走还伸长脖子盯住他。

“折现要扣工资。”

“为什么？”

“你把我炒了，还旷了很多天工……”高高挑起的眉毛好像在说：还要继续数下去吗？

旧事重提，言蹊心虚无比，她挤出一脸谄媚的笑容抢白：“你说去哪儿就去哪儿，不用考虑我，我就安安静静地做一个腿部挂件！”

沈岫栩目送她上楼，上楼之前在她头上拨了拨，差点把她的头揉成一个鸡窝，想起临走时，她期期艾艾用眼神表达不想去买衣服的模样，清俊的脸上浮现出笑意。

不知道为什么，越来越喜欢捉弄她了。

“主人，刚才言蹊小姐让我调 19:30 市中心商场 10 楼的监控记录，看看何遇先生在不在。”

沈岫栩想起下午在福利院看见的一幕，眼神一暗：“她要你就给。”

言蹊刚刚洗漱完就看到了 PAN 发到她手机上的监控截图，虽然像素不高，但是言蹊十分确定，那就是何遇。

他为什么会和周密一起出现在商场呢？言蹊心中充满了疑惑，另外——该不该告诉展信佳？

言蹊号了一声扑在床上，呜呜声透过被子传到耳朵里：“该怎么办啊？”

她的脑子里一团糨糊，高考之后徐择一的疯狂、徐择一走后展信佳的沉默、周密长篇大论的诡辩，还有监控截图里灰扑扑的影像……他们的脸孔不停交替变换出现在她的脑海中。

直到手机铃声将她惊醒，外头天光已经大亮，她揉着眼睛适应，想不起昨晚到底是什么时候睡着的。

应言蹊的强烈要求，沈岫栩把车停在小区外头的拐角处等她。他靠坐在驾驶座上，神色慵懒地解着一道数独题，钢笔笔尖擦过粗粝的纸面，发出沙沙声。填完最后一个数字，他抬起头来看了眼窗外，正好看见向马路边张望的言蹊，抬手按了下喇叭。

“你可以载我去福利院吗？”

言蹊站在车窗边，有些不自然地询问他。

沈岫栩挑眉：“哦？”声音玩味，他还以为他们昨天晚上已经商量好了。

她用力抿了抿嘴角：“周密找我……”

言蹊是在出门的时候接到的电话，本来言蹊也打算这几天私下找周密谈谈，问清楚她究竟想怎么样，没想到她先找上了门。

“上车。”沈岫栩神色淡淡，什么也没问。

言蹊主动坦白，将几个人高中时代的爱恨纠葛，还有最近发生的一系列看似“巧合”的事情，背后却丝丝缕缕理不清楚的关系统统交代了一遍。她想得很明白，也许她脑子不好使，理不清那些表象底下的深意，她希望沈岫栩可以给她建议：“你说我该不该和佳佳说？”

“你和周密是朋友吗？”

言蹊认真思考了几秒钟，最终摇了摇头：“不算吧。”言蹊自知她是个非常护短的人，再说了以周密的性格是不可能会相信自己的。而鉴于与展信佳的情谊，自己则更加不可能相信周密，两个人之间连最基本的信任都没有，谈何友情？

“你说她上一次回国是先和你见面，然后才找的徐择一。首先徐择一不可能主动向展信佳坦白，她主动找上门的话就落了下风。那么这里面就需要有一个人，主动告诉展信佳她回来了这件事情，否则她和徐择一的感情只能作为地下恋情存在……”沈岫栩很有条理地，一一给她分析。

言蹊很快就明白过来，那个人就是自己，在周密精心的策划下，那个通风报信引线一样的人就是自己！

沈岫栩的声音就像有一种魔力，让言蹊不由自主地依赖他。言蹊希望他能帮自己做一个决定。

“这次，她肯定不是毫无缘由地找你，以你们之间的亲疏关系来说，也不可能是叙旧。”沈岫栩眯了眯眼睛，“可能还是那个目的。”

他将车停稳在车位上，言蹊埋着头吸了吸鼻子，有些丧气。

“怎么了？”

言蹊吸了一口气：“就是有点感叹，聪明人的世界，挺可怕的。”她软糯的声音带了些鼻音，听起来就像是在撒娇。

“怕什么。”沈岫栩勾了勾嘴角，骨节分明的手抓住她的手，将手指一根根嵌进她的指间，柔声笑道，“有我呢。”

他穿着白色衬衫，脊背挺直，目视前方，从她的角度看过去干净利落，言蹊突然就安了心。

没多久，周密就过来了。

“你好，我是周密，很高兴认识你，沈先生。”周密先跟沈岫栩打了声招呼，只是专注注视着沈岫栩的眼神，令言蹊莫名一慌。

她看到他只是轻轻点了下线条优美的下巴，就算是应了，周密的手还伸在车窗前他也像是没有看到。

“他不喜欢和人有身体接触。”言蹊赶紧解释道。

周密从车窗外望见座位间两人十指紧握的手，意味深长地笑了笑。言蹊恍然回过神来，想把手抽回来，他却抓得更紧。

周密上了车，言蹊扭过身子，看起来心情不错的样子：“我们去哪儿？”

她报了个地址，是一家医院，沈岫栩调出导航一言不发地打火上路。

“医院？”

“对，有人想见见你。”

言蹊目光迷茫，倒是沈岫栩立马问：“谁？”

周密看向窗外，没有多说：“见了就知道了。”

到了医院，两人跟在周密身后，她看起来轻车熟路地绕到住院部，显然是已经来过好几次了。

是谁呢？要去见谁呢？听起来还是熟人……言蹊有些无所适从，沈岫栩倒是不紧不慢的，注意力一直在言蹊身上。进电梯后，周密直接按了9楼，沈岫栩靠近言蹊的耳边悄声说了句：“脑科。”

在路过大厅指示牌时，他草草扫了一眼，9楼往上都是脑科病房。

自打进了住院大楼，沈岫栩眉头一直微皱着，心里暗嗤：这个不管什么季节一天到晚都是凉飕飕的地方，一如既往地让人讨厌，不愿踏足。

电梯门叮的一声打开，迎面碰上几个病人家属。言蹊留意到他们看起来精神都十分萎靡，有的头发凌乱、眼角乌青，脸色发暗。想想也是，脑科住院部这种地方，基本上都是颅脑损伤，总而言之是麻烦事。

周密将他们带到最里间："就是这里。"

言蹊往门上的挂牌扫了一眼，顿时如遭雷击，倒退了几步喃喃自语："怎么……怎么会？"

责任医生和护士下面一栏，患者姓名：徐择一。

沈岫栩也是一脸诧异，居然是他。沈岫栩不知想到什么神情严肃起来，摇了摇头。

"其实几年前是徐择一叫我回国的，目的是让我配合他演一场戏给展信佳看。"周密忽然丢出这么一个重磅炸弹，给了她一个措手不及。

言蹊瞬间转头看向周密，声音颤抖："什么！他，为什么……"

周密拧开门，朝言蹊露出一个无可奈何的笑容："让他自己告诉你吧，我只能说这么多，我希望你帮我劝他，让他重新接受治疗。"

沈岫栩拉着还处于震惊中的言蹊走进病房，简洁工整的纯白色空间里一片静谧，空气中有淡淡的玫瑰花香，徐择一半靠在病床上，戴了顶深咖色的毛线帽，嘴唇没有一丝血色，脸色白得吓人，眼窝下带着深深的青色，眼神僵直而呆滞地望着阳台。

完全颠覆了言蹊印象里那个爽朗阳光的大男孩形象……言蹊张张嘴，喉咙里发出咕哝声。

徐择一在这时候回头，看到言蹊的脸上立刻换上笑容，好像方才那个浑身阴郁而丧气的徐择一全是言蹊的错觉。

“蹊蹊，你来啦……”沙哑的声音，掩盖不住由衷的喜悦。

沈岫栩却在听见他对言蹊的称呼的第一时间撇开脸，沉郁的脸色表达了他的不满，虽然他没有说话，脸上却明明白白地写着：我现在很不爽！

“我去外面等你。”

言蹊立马去捉他的手，只抓住了他的小指，看起来倒像是言蹊在撒娇。沈岫栩轻笑一下，安抚地捏捏她的手，出了病房。

言蹊转回身，徐择一戏谑地朝她努努嘴，言蹊有些窘，脸颊微红，不好意思地挠了挠额头：“那个……是我男朋友。”

徐择一看她粉面微霞，压不住心花怒放的模样，打趣她：“看起来就是一个很优秀的人，很般配。”

两人曾是最了解彼此的老友，即便中间隔着岁月，仅仅是一个熟悉的笑容，就能勾回熟悉感。

“择一，为什么？”徐择一了解她，言蹊一向缺少迂回这条神经，于是对她的开门见山也不意外。

他坦坦荡荡地回答：“脑瘤三期。”

三期，意味着什么？是医生叹息着冲你摇头说：“手术已经没有意义了。化疗也是杯水车薪。”

言蹊身体几不可察地晃了一下，徐择一不知是没看见还是强作镇定，豁达地笑着自嘲：“我在美国的主治医在半年前就给我下了最后通牒，时日无多。”

那一瞬间，言蹊看到他脸上七零八落的表情，似乎有些恍惚，又好像有些悲伤，半痴半怨，似恼似悔……

“我的病，高考结束的时候就已经有征兆了，走在马路上突如其来的头疼、眩晕，只要声音稍稍大一点耳朵里就会有一种类似鸣笛的长波段耳鸣。大一快暑假的时候，我请过半个月的长假，你记得吗？”徐择一低着头问她，言蹊还记得，徐择一跟周密走之前三个人对峙时，他满脸不屑地告诉展信佳，是为了出国去办理冗杂的手续。

“脑瘤导致的突发性失明，非常突然，在我过马路的时候。我站在马路中间，听到车流如海……”他在回忆，脸上有种张皇无措，额角青筋直跳，“你明白那种，不管怎么睁大眼睛，眼前始终是一片黑暗的感觉吗？先天性脑瘤，我不愿意相信这是真的！不愿接受！但是我毫无办法……我在病床上躺了半个月的时间，如坠梦里……第一次对生命产生一种无法抵御的敬畏感。”徐择一有些哭笑不得，他是早产儿，从小身体就比同龄的孩子孱弱许多，但是也没有想到上天会和他开这么大的玩笑！

“我去做了手术，可是……生命本就不是我们能够掌控的，不是吗？”

先天性的疾病啊，生来就比别人多了一分生命危险，为什么偏偏厄运落在徐择一的身上呢？她一副快哭了的模样，看得徐择一明白自己的失态吓到了她，于是沉默一瞬，换上一副面孔轻笑出声，转而安慰道：“我们都会死，或早或晚，没关系的，真的，我已经看开了……”

“你现在根本就是自暴自弃！你为什么回国？为什么不继续治疗？你傻了吗？当初为什么要一个人承受这些？为什么不坦白地告诉我们？我们是最好的朋友，展信佳当时那么喜欢你！未来的事情怎么说得准？我们都不会放弃你，你也不该放弃你自己。”言蹊心里一阵绞痛，有些语无伦次。他才25岁啊！25岁正是人生的上升期，而徐择一呢？他才走了几步就要草草收尾……

徐择一闻言，脸色沉痛，他隐忍哽咽道：“我想活，我甚至不敢睡觉，我怕哪天一闭上眼就再也醒不过来了！我不怕死，我只是想她，我想见她啊！”他不停咽着口水，手揪着床单，抓出的痕迹像是一朵残破凋零的花，“人的生命中总有一些东西凌驾在生死之上。我爱她，这曾是支撑我接受治疗的动力，化疗疼得骨头都在打战，我都没有放弃。但是你知道吗？那天一个专栏记者来病房采访，我隔壁床的病友是个跟我差不多大的男孩，他的女友平时就片刻不离地照顾他。摄像师举起摄影机正要开拍，男孩却挡住镜头，笑着说：‘别拍，将来她还要嫁人呢。’”徐择一声音很轻，他还记得当时在病房里，女孩瞬间就哭了。

言蹊看着他吃力地控制剧烈颤抖的手指抚平床单，几下就放弃了，扭头望向窗外。

为什么不坦白告诉他们？这就是答案啊！

“未来……”他喃喃低声重复，“我这样的人，未来是能被预见的了。我会一天比一天消瘦，头发掉光、脸色苍白、牙齿松脱，还可能会瘫痪……”

“我明明这么年轻，却那么早地知道，我可能随时会死！我哪有未来！我没有未来啊！”他忽然就激动起来，“我常常想，我夜以继日地想，为什么上天要这样对我，我究竟做错了什么要去承担这些？”

就像徐择一自己说的，他们早晚都会死，他们心知肚明。他们现在像是只抓住一小截树枝的坠崖者，眼睁睁看着生命流逝毫无办法，明知道支撑不住，但是却攥紧了拳头一点点地耗着……那为什么要拖着展信佳也跟着跳下来呢？

“我还没来得及好好爱她，我本想毕业就和她结婚。天命不佑，天不假年。我让我最心爱的女孩哭泣难过，亲手将她推开。从那以后每一天，我都像行尸走肉。”脑海中回想着看到女孩泪眼蒙眬的那刻，徐择一猛地想起了展信佳，他曾庆幸自己的决定，展信佳不用经历这些。但是，女孩哭的那一瞬间，他突然发了疯地想她。

“如果我要死！”徐择一忽然恶狠狠地喊了一声，他脸颊上的肌肉在薄薄的一层皮下抽动，“我接受！但是请让我在临死之前离她近一点，再近一点点就好！这是我唯一的愿望。我想，在她身边死去，我的坟墓上也会开出她最爱的坦尼克玫瑰。”

坦尼克玫瑰，是展信佳最爱的花，象征纯洁的爱情。

他那么渴望见到她，甚至恶毒地想，如果展信佳也能够像这样陪着自己就好了啊！

“我想继续爱她，我想陪着她，我想娶她；她的手冬天那么冷，还爱臭美不戴手套；她还是个路痴，分不清东南西北；吃东西又挑嘴，这不吃那不吃；过马路横冲直撞，她那么孤单、那么傻，脾气差老是得罪人，还不会打架，她毛病这么多，我怎么放心得下？”他抬起头颤声问言蹊，言蹊动动嘴唇想要上前安慰他，只见他空荡荡的眼睛里忽然滑出一行泪水。言蹊的手僵在了半空，徐择一自顾自地继续说，“可是我……我生病了啊。”

“可是，我真的……”徐择一说着说着掩面而泣，“哼哧哼哧”的急促呼吸声里，言蹊没有听清他后边的话。

病房里只剩下沉默，源源不绝的泪水在他的眼眶汇聚，顺着指缝砸在洁白的被单上。

“吧嗒——”砸出一小朵泪花，像是叹息。

第十八章

Chapter eighteen

好久不见，
我是何遇的前女友。

回去的路上，言蹊静默无言，像是有什么沉甸甸地压在心上。她很同情徐择一，在离开病房时，他言辞恳切地求自己，想要见见展信佳，或者远远地看看她就好……

他对展信佳的感情，和当初因为他的自以为是而伤害到她的愧疚，在病情恶化的时光里历久弥新，越演越烈。

该怎么办啊！如果告诉展信佳，那她就真的是腹背受敌了啊！

言蹊脑子里灵光一闪，忽然想到这也许就是周密的目的！

不能和展信佳说。

那徐择一拜托她的事情怎么办啊？言蹊揪着头发，不知该如何是好。沈岫栩看她坐立不安的模样，轻轻皱了下眉，伸出一只手去抓她膝盖上的拳头。

半晌，言蹊低声说：“我想去你家……”找PAN。她声音很轻，很没有底气。

沈岫栩什么也没有问，直接将车掉了个头。就像刚才她从病房出来，他也只是牵着失魂落魄的她，将她塞进车里系上安全带，然后打火上路。

“你能帮我吗？我可以给你我的记忆，模仿展信佳去见见他，不算难事！拜托你，就悄悄见他一面！”言蹊言辞恳切地看着PAN。

PAN眨了眨眼睛，最终摇了摇头，言蹊失望地垮下肩膀：“还是，不行吗？”

玻璃房隔绝了外界的冷空气，沈岫栩无意识地抬头盯着某一处，他知道言蹊来他家的目的，也猜到她要做什么。他不过问无非是希望言蹊可以亲口对他说，甚至可以求他帮忙，只要她开口，自己难以拒绝不是吗？

“你为什么不和先生说？”PAN不解。

诚然直接寻求沈岫栩的帮助显然更加便捷，但是……

言蹊想了一下，皱紧眉头：“我不想，麻烦他……”她还记得沈岫栩厌烦多事的人。

PAN的语气有些为难：“不是不愿意帮你，你拜托我的事情，不可能越过先生。”言蹊疑惑地看了他一眼，PAN指了指自己的脸，言蹊秒懂，对啊，要改变面容就需要沈岫栩造一张“展信佳”的面孔。

那怎么办啊？言蹊一边苦着脸想着，一边踱步到客厅里，远远就看到沈岫栩抬着头不知道在看什么。他脸上神情淡淡的，浑身一动不动，隔着玻璃就像一幅摆在橱窗里的世纪名画。

他总是这样，与周围的环境格格不入，哪怕只是眺望着天，都好像随时可能随风而去。这样美好的人，本来就应该无忧无虑地享受人生的吧。言蹊这么想着，看到沈岫栩扭头定定注视着自己，她换上笑容，走了过去。

沈岫栩拉着她的手，将她按在身边的沙发上坐下，温柔地圈住，在她耳边蹭了蹭柔声问：“和 PAN 都说了些什么？”

“没什么，就是……教他做饭。”言蹊有些心虚，声音小得沈岫栩差点听不见她在说什么。

沈岫栩闻言敛了下眉，眼神慢慢暗下去，抱着她的手收紧了些。

人们早就习惯各自满怀心事，欲言又止。

第二天，言蹊还是没有想出解决的办法，沈岫栩又泡进了实验室。展信佳突然来电叫她出门时她也没多想，给沈岫栩发了短信就出门了。当言蹊坐在车上刨根问底之后，整个人都凌乱了！

她们是去市中心商城“捉奸”的！

究竟是哪里出了变数突然打乱了全盘节奏？林言蹊怎么都想不通，也根本拉不住她。

“我今天就让那个不要脸的小贱人知道什么叫不知天高地厚，

敢挖老娘的墙脚？不想活了吧？”展信佳挽起袖子，气势汹汹。

“你别听风就是雨，这怎么可能啊？”言蹊还在试图将她拽回去。

“我查了他的银行账单，查了他的行车记录仪路线，查了他的工作行程表……他瞒了我很多事情！我不想当个傻子，就是还想给他一个机会，我才来这里的。”展信佳根本听不进去，言之凿凿地四处找起来。

一层一层地搜寻，她还时不时对照一下手机上的记录。

找了半个小时，言蹊在心里求神拜佛，祈祷上天千万不要让她们撞上。

这时，言蹊耳边传来展信佳的怒喝：“何遇，你给我站住！”展信佳像一阵风一样追了过去，言蹊立马回头，看见那道熟悉的背影。

该来的还是来了。

有句歌词是这样的，爱情来得太快就像龙卷风。

展信佳就像一道龙卷风，以目空一切的姿态强势地拨开阻挡在面前的人群，惊起不同音色的尖叫怒骂。言蹊根本叫不住她，何遇听见动静惊了一瞬，停下脚步。周密恍若未觉，继续向前走去。

展信佳在离何遇还有一米的距离停下来，有些喘，不知是跑的还是气的，她站得笔直，朝面前有些僵硬的背影阴阳怪气地说：“啧，是我太久不上班赶不上趟了？你公司业务拓展得够广的啊？还有这么少儿不宜的内容啊！”

他们身边的路人停下步伐奇怪地瞅着他俩，言蹊有时候很佩服展信佳，她不怕丢人，只要对方能比她更丢人。

那种感觉就像舞台上的一个小丑嘲笑另一个花脸比自己更狼狈。

“佳佳，我……”何遇转过身来，上前一步想要去捉她的手臂，展信佳抢先一步躲开。

“别碰我！不要跟我说是巧合，不要骗我是同事、客户，别把我当傻子！”展信佳指着他，“多久了？”

何遇的心脏猛地一缩，神经紧绷起来，却皱着眉什么也没说，伸手拉她。

“怎么？嫌丢人啊？敢做就要敢当啊！”展信佳讥笑着斜视他，又指着不远处的女人，“来来来，那小三转过来让我瞅瞅，让我见识一下你有什么能耐敢挖我的墙脚！”

何遇闻言脸上有一瞬紧张，展信佳敏锐捕捉到，心里跟灌了碗盐水一样，被刺得生疼。言蹊手脚发凉地站在一边，展信佳认不出来，但是她只看了一眼就认出那道背影，是周密啊！

“佳佳，你先别发脾气，不是这样的，我们回去说！”何遇很少露出如此刻般的慌乱。

“我现在不想听你解释，你知道我脾气的，向来对人对事，你什么货色我就是什么脸色。这么多年都这样，你现在看不惯，也给我忍着！”展信佳一把挥开他，何遇不死心地还要上去抱她，展信佳指着他尖声警告，“让你别碰我！滚一边去！”

“何遇别让我恶心你！”她此刻已经处在暴怒的边缘。

何遇愣在原地，眼睁睁看着她越过自己，听到她说：“你给我发那些精彩的照片不就是想见我吗？我来了，怎么只敢躲在背后做小动作，不敢当面对峙？”展信佳一想起收到的那些暧昧不清的照片就觉得揪心。

何遇看着周密一点点转过来的动作，心一颤，他知道自己完了……

白炽灯苍白的光芒在灯管里滑动，整个实验室里只有键盘敲击的声响。

沈岫栩盯着屏幕上微晃的视频，以一种上帝的视角，将中心广场上发生的一切尽收眼底，听到 PAN 突然说：“数据采集完成。”

在中心广场拍摄的微型无人机上配有三维扫描仪。

他收回视线扫了一眼电脑上的点云数据图，淡淡道：“录入数据，开始吧。”

广场上渐渐有人指指点点，展信佳没有丝毫得意，神情冷峻，就像是严阵以待的战士。

周密渐渐转过身来，脸上带着浅笑，安安静静地站在原地，就像是在等候发落，带着几分恰到好处的无辜。

言蹊已经做好上前拉架的准备，她原以为新仇旧恨之下，展信佳一定会大打出手，但是除了第一眼时有片刻愣怔，几秒之后展信佳又变得异常平静。

周密伸出手，歪着头笑得纯洁美好：“好久不见，我是……何遇的前女友。”

展信佳心中一动，何遇确实提过，他在加拿大留学时交往过一个女友，那是一个花蝴蝶一样穿梭在各种男人中的女孩。原来就是她啊。展信佳嗤笑，自言自语一般轻声道：“还真是冤家路窄，阴魂不散……”

医院里，赵则站在病床前，在他抬头时镜片折射一片白茫茫的光，凌厉而又直指人心，他问：“你为什么不阻止她？”他是受周密的委托前来照顾徐择一的。

轮椅上的徐择一目光温和而宁静，他扶起花盆里一枝被压弯的玫瑰，淡淡地笑了：“人啊，总是这样，不结结实实地撞上南墙、不撞得头破血流，是不会回头的。”

“当初……他们为什么会分开？”这是周密每每谈起往事都会回避的话题。

徐择一闻言，淡得看不见的眉毛隆起一个小包：“学生时代的何遇就是典型的高富帅，但是周密她一无所有，她很自卑。自卑的人有两种，一种会变得极其卑微，一种会用别的优势去掩盖。她就是第二种，在加拿大的时候，流连在很多男人之中，从那些浮夸的、虚伪的溢美之词里获取一种满足感。她对于追求者采取的是非常暧昧的态度……”他有些出神，像是在回忆。扶在枝干上的指尖不小心被刺扎了一下渗出殷红的血液，他摇头叹息，“在感情中，若即若离的暧昧远远比决绝的背叛更可怕。”

把爱一个人的心思付诸给一个人是冒险，而付诸给许多人是危险。

因为人若要像侦探一样，时时刻刻像在大海捞针一样去寻找证据，那么他每天都会沉浸在惴惴不安的动荡之中。

徐择一的神情也变得严肃起来，指尖上越积越大的血珠终于承受不住重量，滚落在浅蓝色的病服上，渐渐晕染开：“何遇和展信佳一样，他们坚信的是一颗心住一个人，奉若信条。他们决绝的时候也很残忍。”

那么何遇会如何选择呢？

“你还有什么话说？”展信佳站在何遇面前，视线咄咄逼人。

言蹊恍惚间觉得，这一幕无比熟悉。

许多年前徐择一走的时候，展信佳也是这样问他：“真的没有什么话想要对我说吗？”

何遇欲言又止，神情隐忍，好像是强行压抑下许多不能说出来的话。最后，他的眼球轻轻转动，就像是控制自己伸手去抚摸展信佳的脸庞。

片刻静默后，言蹊听到他说：“没有。”

时间如梭，斗转星移，世事变迁。

一切都无甚改变，只是同一个故事的不同版本而已。

展信佳点点头，什么也没说，转身头也不回地离开，只有高跟鞋“嗒嗒”地踩在地上，那是告别的声音。言蹊看着何遇站在原地，远远地都能看见他眼睛里汹涌的挣扎、难舍和欲言又止的惊慌，他嗫嚅着嘴唇，伸出手在空中就像是要抓住什么……

言蹊考虑一瞬，扭头几步追上展信佳，想起曾和展信佳聊天时，她说过的一句话：为什么我们明明那么努力，用尽一切办法想要抓住爱情，幸福却还是像不羁于掌心的沙砾，慢慢从指缝中流淌出去。

展信佳身高一米六七，腿本来就长还蹬着一双七八厘米的高跟鞋，言蹊小跑着追上她，挡在她面前。展信佳理都不理她，僵着一张脸，绕过她继续大步向前走。

“走错了，是这边。”言蹊朝中心广场的方向瞄了一眼，依稀可见两道人影冲这边走来，于是拉着展信佳走向拐角处。言蹊没有回头看她，渐渐地，展信佳的脚步慢慢踉跄。

手上的力道突然加重，展信佳以一个别扭的姿势摇摇晃晃地蹲在地上，她的右手还被言蹊抓在手中，有细微的颤抖传递过来。

言蹊跟着蹲在她身前，想要说些什么安慰她：不要那么快下定论，可能有隐情呢？不要那么难过！振作起来。

但是她又不敢说，因为——不要那么快下定论……

寂静无声的巷子里，过了许久，言蹊蹲得腿有些麻木的钝痛，她听到展信佳闷闷地问：“为什么？”

言蹊有一瞬间恍惚，她的语气里纠结扭曲着一股委屈、不甘和愤恨的复杂感情，她甚至分不清楚这句“为什么”，问的究竟是何遇、周密，还是穿过悠长岁月间那个怀揣着不得不离开的心一直深爱着她的，徐择一。

生活抛下一个又一个的问题，转身不负责任地离开。

我们有那么多的疑惑想要求得答案，但是除了独自在时间的细沙里潜心挖掘之外，没有任何人能够替你解答。而人与人之间，很多不得不、造化弄人还有身不由己，它们统统憋着力气迫使我们离开原地，阻挡我们将内心最真实的声音倾倒出来。

西方神话故事里写，在远古的时候有一群人要修建一个建筑通往天上，那时候的人还不会说话，但是他们齐心协力，势不可当。就是这样的精神使得建筑一天天拔高，高耸入云。神在云层之上看见这一幕就开始惶惶不安，恐惧他们真的会凭借这个建筑来到天上，于是就赋予了他们“说话”的能力。原本不会说话的人们兴奋极了，迫不及待地各抒己见。

在交流的过程中，他们各自渐渐暴露了自己的内心，于是就产生了偏见、分歧、嫉妒，甚至恶语伤人、言不由衷……

最后的结局是，这个建筑再也进行不下去，轰然倒塌。

曾有人问言蹊：为什么心里话这么难以说出口呢？

言蹊此刻有了答案。

说话是很简单的事，张口就能说。而人这一辈子会说许多话，一千句、一万句……数都数不清。然而，你最想说的，也许只有一句，却只敢藏在心里晦涩难以开口。

恰恰是这一句心里话,却拥有一千句一万句都难以抵挡的分量。

中心广场上的人因为女主角的离场渐渐散开，有的人离开的时候还会鄙视地抛下一句“人渣”。

何遇站在原地看着展信佳离开的方向许久，微偏过头垂着眼睛，目光沉沉地凝视周密：“你上回问我，离开你这么久我有没有想过你？”

周密歪着头，洁白的脸上带着一丝疑惑。

何遇声音沉稳：“我想过，很想很想，半夜醒来不自觉就想给你盖被子，习惯性做你最爱吃的奶酪塔，下班后半个小时总是急着要给你开门，在机场就想立刻买回加拿大的机票……你在一段时间里深深扎根在我心里，成为我身体的一部分。”

何遇轻柔地抚摸着她的脸颊，像当年一样，满是眷恋的感觉。

周密蹩脚地装傻，一双眸子深情地望向他，何遇还在说：“一个月后，我实在是受不了了，我回了咱们的家，59街234号209室，我一直记得……我又去了你学校，没有我的你一如既往地生活，只是我终于不再是你的顾虑……”

何遇没有说，他是满怀着热忱的心去往加拿大，当他看到搬家工人忙进忙出，而她一如既往地在教室里和几个男生周旋时的那种无力感。

那种无力感，再次从记忆里蔓延出来，这个女孩，好像自己从来没有真正了解过……

周密的脸瞬间变了颜色，她眼睛里残留着一种希冀，像是祈求上苍的悲悯："当初我三心二意是我做得不对，但是我只爱你，我一直爱你！我最后悔的就是离开你，你原谅我，我们还像曾经一样好不好？我们回 59 街，我现在有钱了，可以把咱们的家买回来！"

"舟……"何遇哑声打断她，曾经独特的称呼，现在只有晦涩。他承认，年少时他曾着了魔一样迷恋眼前这个人。她的确非常漂亮，温柔、纯真、善良，还有柔弱，独立中带点不服输的倔强都深深地吸引了他，在异国他乡的日子，两个人拥抱着互相取暖。他也理解，她卖掉房子或许有许多理由，这其实不是他不爱她的原因。

周密听到这个熟悉的称呼，眼睛里像是被点燃了希望的火炬，只不过，转瞬又被无情熄灭。

"舟……我不爱你了。"

有时候，热情这东西和爱情一样，消耗干净了就只剩下疲乏和冷漠。

"我们结束了，早就结束了，那些我曾以为的喜欢，在你的肆无忌惮里，被挥霍一空。"

而当感情退却，过往所有的好的、坏的记忆，终于在这一刻横亘在两人面前。

周密怔怔地说不出话来，何遇深呼吸，掌心在她脸上蹭了一下，眼神决绝：“就像卖出的房子里住进新的人，我已经爱上了别人。我不想追究你究竟做了什么，也不想知道你曾怎么样伤害过她。她现在是我的女朋友，是我将来要一辈子携手走下去的人。”

“不，你爱的是我！不然你不会来见我，不会和我聊天、陪我逛街、陪我吃东西……你以前最厌烦这些的！”周密的牙齿在打战，抓住何遇的手，一双通红的眼睛里盛满了眼泪。她一眨不眨地看着他，说出来的话里带着一种狠厉的哭腔，“但是你现在都会陪我！你就是喜欢我，还爱我……”

何遇垂下眼，抽回手：“是我的错，我那点微薄的自尊心在作怪，我应该一早和你说清楚。”

当周密再次出现在他生命中时，何遇的确有一瞬间的迷惘。曾经深爱过的人，分手带来的阵痛，你或许可以放下它，但绝对忘不掉它。或许强撑一段岌岌可危的关系，很艰难；但要结束它时，又很难堪。

“你这样聪明，应该知道，这些改变都不是因为你啊。”何遇沉定目光看向她，“如果没有徐择一，第一次重逢之后我们就已经是路人了。我只是害怕他再一次出现在佳佳的生命中，我也怕再一次被抛下……我爱她，我不能离开她。”

他的声音明明是能够将人溺毙的温柔，周密却哭了。

中心广场的大荧幕上，旷阔无垠的深蓝色海面上滑过一只海鸟，它的爪子搅碎粼粼波光，画外音里有海鸥“嘎嘎”的叫声，就像是对这块记忆裂锦的哀鸣。

“其实你可能早就不爱我了，只是当初先走的人是我，所以你不甘心而已。”何遇在她脑袋上拍了一下，“你现在这么优秀，会找到一个对的人，但那个人不会是我。”说完，何遇转身走向川流不息的人潮。

毅然决然。

人总是下意识做出最有利于自身的决定，拒绝相信摆在眼前的事实，给所有不合理的行为找合理的借口、假装过去的伤害没有发生过或者安慰自己不过是一件小事，没有什么大不了，这样的行为刨根究底也许无伤大雅，不见得最妥帖，但绝对最安全。

但是，总有一天我们将要回归真实，这是命运对执迷不悟的我们最大的怜惜。

月上柳梢头，星出远山后。

过往的行人睁着迷惘的双眼，与这个泣不成声的女孩擦肩而过。

周密愣在原地，身体像被什么绑缚住，一动也动不了。

不知是谁撞翻了不远处的自行车，发出很大一声“哐”的噪音，将她从静默中惊醒，她浑身打了一个冷战。何遇那声“不爱你”的尾音还在她脑海中激荡，像前赴后继拍打在海岸上的浪潮，席卷着千钧之力，却无法撼动分毫，最终化成海面上破碎的白色泡沫，在海面上漂浮，高高地涌起，复又狠狠跌落……

她一直以为爱情就像一场百米冲刺，你的身边是如你一般不顾一切的竞争者，他们的目标明确，浑身满是冲劲。你稍稍落后无所谓，只要在最后闭着眼拼了命地争夺，凭借一腔热情，你总会在脱力的瞬间抵达目的地赢得胜利。

后来发现，不是这样的，其实用马拉松来形容爱情更加合适。

未来太长充满变数，时间也会消磨热情、消耗体力。

最难过的不是看着自己一点一点落后，而是跑着跑着，你发现，没路了……

这天晚上，她看见天上的星光，大哭着降临。

第十九章
Chapter nineteen

你可以依赖我，
不需心理负担，这是你的权利。

沈岫栩转转酸乏的脖子，长时间的工作让他头昏脑涨，问了 PAN 知道言蹊在花房，不禁想去看看她。

言蹊一向喜欢盘腿坐在地毯上靠着沙发看书，夏天也就无所谓，但是随着寒气一天比一天重，沈岫栩也说过她几次，但是每次都被她糊弄过去。

沈岫栩远远地望去，没有在暖房外看见言蹊的影子，以为她又窝在地毯上，没好气地靠过去，看到空无一人的地面才有些愣怔。视线掠过茶几，深色的木板上跳跃着几块浅色的光斑，头顶传来一阵叩击玻璃的声音。

他顺势抬头一看，差点心率过速——林言蹊跪坐在暖房顶上，正用手肘敲玻璃引起他的注意，看他抬头还笑嘻嘻地打招呼。

沈岫栩目眦欲裂："你趴上面去干什么？"言蹊注意到他不善的面色，摆着的手顿了一下，坐起来张了张嘴还没来得及说话，就被沈岫栩吼住，"赶紧给我下来！"

林言蹊撇了撇嘴，"哦"了一声乖乖往下蹭，沈岫栩绕到墙角的收缩梯子边等着她下来。暖房虽然有横梁，但是屋顶是斜角的，沈岫栩全神贯注地仰着头一言不发，脸上的肌肉绷得紧紧的，屏气凝神地看着她，生怕自己的一举一动会影响到她。

等到言蹊踩着梯子下来，沈岫栩发现她鞋子也没有穿！

言蹊下到和沈岫栩差不多的高度，感受到他身上磅礴的怒意，摸了摸鼻子不敢说话。她浑身不知从哪里沾了什么，白一块紫一块的，沈岫栩胸口憋闷不已，深呼吸一下，朝言蹊伸出手，言蹊下意识一躲。

"躲什么躲！"沈岫栩呵斥道，不容置喙地将她从梯子上抱了下来，言蹊要挣扎，沈岫栩低头堪堪瞪她一眼。

沈岫栩将她放在沙发上就转身离开了，言蹊心咚咚咚地跳个不停，脸也通红。没多久沈岫栩又折回来，半蹲在沙发边，言蹊不知道他想做什么。只见沈岫栩一只手抓住她的脚踝，另一只手将她的鞋子放在沙发边，然后就要给她穿袜子。

言蹊惊得"啊"一声，想要收回脚，沈岫栩皱着眉拍了一记她的脚背："老实待着！"

“我、我……我自己来。”言蹊抢过袜子手忙脚乱地套上，她今天穿了一条背带裤，因为刚才一系列动作背带已经滑下来，搭在手肘上，急中生乱，言蹊抬着胳膊的模样活似一只扑棱着翅膀的小鸡仔。

她鼻尖上已经渗出细细的汗珠，沈岫栩被她萌得心都软了，禁不住低笑出声，又觉得这种算账的时候应该严肃一点，于是刻意板着脸教训：“女孩子上房揭瓦的像个什么样子！”

言蹊有些窘，但是这话听在耳朵里怎么这么不是滋味呢？言蹊瞄一眼横眉竖目的沈岫栩，分神回忆了一下，小时候林母似乎也喜欢把“三天不打上房揭瓦”挂在嘴边，这也是她挨揍前夕的征兆！想起来就有些发怵。

沈岫栩看她一缩脖子的可怜样，又心软了，放缓语气，脸色依旧严峻：“你在想什么？就你这细胳膊细腿经得住几下摔？”沈岫栩眼尖地看见她下巴连同被头发遮住的脖子上有一块脏污，伸手用大拇指揩拭。等擦到手上时，他才发现不对劲，又看了眼她裤子上的污渍，这是丙烯颜料？

“你到底在上面做什么？”说着他抬起头，看到了刚才没留意的画面，原本只能看到空旷天空的玻璃上盛开了大串大串的紫藤花，掩映在油绿的叶片里……

沈岫栩愣住了。

言蹊静静地看着他，他精致深刻的侧脸线条静止不动，只有眼瞳在微微颤动，像漂亮夜空中闪烁的星子。言蹊很早就注意到，沈岫栩总是喜欢盯着暖房屋顶看。一开始她还以为他只是在发呆，后来才知道，原本屋顶上是爬着紫藤花的，只是在 Estella 死后，因为无人养护，沈岫栩干脆将树移到陵园，替 Estella 遮风挡雨……

沈岫栩忽然低下头："你……"

"啊，对了，我在你的画室拿了颜料，是 PAN 推荐的！"言蹊毫无负担地将 PAN 供了出来，没有说在画室里看见自己的画像时有多欢愉。

"谢谢。"沈岫栩突然笑了一下，言蹊看着他的笑容，莫名有些难过。

沈岫栩定定看了她一阵，突然站起身向实验室大步走去，留下一头雾水的言蹊。

等到他揉着眉头出现在客厅里已经是一天后，这两天一直泡在实验室令他身心疲惫，他按了按干涩的眼睛没有看到言蹊的影子，瞥向跟在身后的 PAN。

PAN 很快给出了答案："在家。"

怎么回家了？沈岫栩这么想着又上下打量几下 PAN，看不出有什么差错，收回视线，勾唇沉吟：应该会是个惊喜……

言蹊收到信息出门时，沈岫栩已经在小区外头等了一阵。

"你怎么来了？"

沈岫栩笑道："想你了，想见你。"

言蹊的脸应声而红，沈岫栩轻柔地摸摸她的头，一点也没有不好意思，拉开车门：“上车。”

言蹊正因为突如其来的表白魂不守舍，机械性地听从指令。

沈岫栩也上了车，车门拉开的一瞬，他的余光瞥见不远处电线杆下探头探脑窥视着的一男一女，转头细看时，却发现他们指着另一个地方像是在讨论。

“怎么了？”言蹊望向后视镜，却看见后座上有个人影。她吓了一跳，“啊”的一声就要站起来，整个人扑在控制面板上！

沈岫栩从来没有为人准备过惊喜，压根不明白惊喜的要义，只是叮嘱 PAN 不准随便说话，没想到会吓到言蹊。

沈岫栩看她一惊一乍，有些哭笑不得，这下好了，惊喜变成惊吓了。

“别怕！你看看那是谁？”沈岫栩理亏地哄道。

言蹊战战兢兢地扭过头去看。

展信佳怎么会在这儿！言蹊有些回不过味来，前天自中心商场分别之后，展信佳一个人走了，电话不接、短信也不回，整个人开始玩失踪。

言蹊急得坐立不安。

“展信佳”一动不动任由她的手指戳在脸颊上，眨了眨眼睛。

“PAN？”言蹊惊叫出声，扭头就看到沈岫栩似笑非笑的模样，凑到他身边问，“是 PAN？”

沈岫栩专心开车，享受着她崇拜的小眼神，面上一丝不苟，心神却荡漾极了。

他们都不知道，电线杆后那对装模作样的男女，在他们离开后，不约而同地松了一口气。

“吓死我了，刚才那个男人的眼神好可怕。”女人心有余悸地抚了抚胸口，刚才那个俊美的男人，随便扫一眼过来，那凉薄的眼神，真是要吓死她了。

她身边的矮个男人闻言不屑地瞥她一眼，没有说话，三角眼里闪着精光，心思也活络开：啧啧啧，看那人的穿着打扮，非富即贵啊……

准备好了一切，他们已经到病房门口。

在车上时，言蹊已经和“展信佳”交流了一路，“展信佳”对答如流，言蹊眼睛里都在闪着光。她拍着“展信佳”的肩膀语重心长道：“都交给你了！”

敲响病房门，听到徐择一说了声“进来”，言蹊朝“展信佳”点了点头，开门走了进去。

“你来了……”徐择一看到她，勾起干裂的嘴唇一笑，却在看到她让出身后的人时凝住了动作。

关上门的时候，言蹊从门缝里看见徐择一抬起苍白的双手狼狈地整理头上的毛线帽，瞅着“展信佳”的眼神活像个犯了错的孩子。但是那双疲惫的眼睛里瞬间绽放的浓烈情感，就像是黑暗之中陡然点燃的摇曳火把。

他们聊了些什么，没有人知道。

后来，徐择一吃力地将阳台上那盆细心养护许久的白玫瑰搬出来，墨绿色的叶片上带着薄薄的露珠：“以前，想给她买花，她总是说我的工作室刚起步，不要乱花钱。那么任性的人居然会这么暖人心，而我蠢到真的就没有买……”他眼眶里还有没消退的猩红，声音哽咽着跌坐回轮椅上，一边控制轮椅一边说，“这是我自己养的，你帮我照顾它一段时间，她结婚的时候，你帮我送给她吧。”徐择一微笑着看向她。

言蹊想问：你刚才为什么不自己送给她？

徐择一已经自顾自地回到阳台边，盯着空了一块的地方，似是喃喃自语：“就做捧花好了，一定很漂亮……”

那种语气，就像离别前下意识说再见。

她心里突如其来有种预感，今天之后，她可能再见不到这个人了。

沈岫栩看着靠在门边的落寞女孩，心揪疼，微弯下腰靠近她：“怎么了？”

言蹊摇摇头，她想起之前在咖啡厅打工时，那个湿漉漉的雨天。

伴随着清脆门铃声，进来一对许久未见的情侣，他们是半年前经常光顾的老顾客，径直走向他们习惯坐的老位置。

点单的时候，女孩一如往常般靠在男孩的怀里，言蹊笑着玩笑道“好久不见”，男孩抬头笑得一脸苦涩。在他抬头的一瞬，言蹊才错眼看见，埋在他胸前的女孩正在流眼泪，泪水染湿了男孩胸前的衣襟。

女孩带着委屈的哭腔轻声说：“我撑不下去了……”

男孩温柔地笑着帮她擦去眼泪，宠溺地捧起她的脸颊说：“那你走吧。”

店里客人很少，伴着一首《都怪我》的老歌，一米八的大男孩哭得撕心裂肺。

那天咖啡厅的留言墙上多了这样一行字——为什么偏偏是你，在我生命中占据重量的你，要变成我人生中的过路人？

言蹊不知道他们之间发生了什么样的故事，但是她知道，成全一个人，真的没有那么简单。

就在刚才徐择一目送“展信佳”出来时，言蹊恍惚觉得他和那个男孩好像。在他向自己道谢时，言蹊有一种他似乎已经洞悉一切的错觉，言蹊有些哑然：“就是忽然觉得，好难分辨真实，原来眼睛也能骗人啊……”

沈岫栩闻言眉头一蹙，或许在许多人眼中，林言蹊看似是一个傻傻的、什么都不计较的人，但是沈岫栩明白她的细腻和多愁善感，她只是更擅长隐藏自己的孤单，让自己融入这个世界而已。

沈岫栩："其实要确定真实，不难。"

言蹊歪着脑袋看向他，用眼神表达自己的疑惑。

沈岫栩扯了下嘴角，凑近，在她额角上亲了一下，张开手臂将她搂在怀里，渐渐用力，接着附在她的耳边轻声说："像这样……"

如果有什么让你觉得不安，那么这样是不是够真实？

"以后你想要我做什么，就跟我说，这世上你是唯一一个我不会拒绝的人，知道吗？"沈岫栩握住她的肩膀，扶起她的下巴，让她与自己对视。

言蹊肩膀一抖，明白他是在说"展信佳"的事，眼神有些飘忽："我怕你觉得麻烦……"

沈岫栩想起自己曾不止一次地对她说过"最讨厌别人给我添麻烦"这样的话，顿时沉默了。这就是山水有相逢，出来混总是要还的吗？

"你不是别人。"沈岫栩强势地捧住她的脸颊，让她看着自己的眼睛，郑重地说，"你可以依赖我而不需有心理负担，这是你的权利。"

沈岫栩发现，有些话，诚恳地表达出来其实并不难。那是一种本能，在正确的人面前水到渠成，他说："我对感情的理解可能是道听途说，但是我爱你是真的。"

"我第一次有这样的感觉，可能是我做得不够好，你并不能准确地感受到我的心意。那么，你告诉我，你所想的你想要的，我都会满足你。在我面前你不需要小心翼翼，你忘却过去二十几年的乖巧，我抛弃二十几年的沉闷，我们生来就是为了遇见彼此，然后互相改造对方，成为这个世界上最契合的，天生一对。你明白吗？”只要我有的，都是你的；只要你开口，直到我成为你所有的欲望。你，明白吗？

这是他第一次对她说这么多话，那么诚挚而坚定，言蹊震惊地愣在原地。

心底有某处地方，无声牵动。

医院肿瘤科办公室。

“怎么哪里都有你？”何遇奇怪地问赵则。

“我在这家医院有挂牌，负责癌症晚期患者的临终关怀及心理护理。”赵则答，何遇则一脸怀疑地看向他。

赵则无语，觉得自己的专业水准受到了质疑，同时也想不通，自己明明是一个心理医生，不是情感咨询师，为什么这些人一个个都用自己的感情问题来为难自己呢？

“算了，我还是不在你这儿浪费时间了。”何遇起身，抚平衣摆的褶皱，转身出了办公室，正好看见这几天他想尽了办法都联系不上的人，正从对面徐择一的病房里出来！

何遇脑子轰的一声就想冲过去，迈出几步又冷静下来，按展信佳的脾气肯定一看见自己就要跑。他抬起头望着对面思考片刻，要想个办法……

于是，沈岫栩和林言蹊在停车场发现车胎不知道被谁给戳破了的时候，何遇一下子就跳了出来，面色不善的沈岫栩和不可思议的言蹊都对何遇的无耻行径有些无语。但是自以为终于堵住展信佳的何遇根本顾不上他们，他不由分说地挡在“展信佳”面前，噼里啪啦就开始解释：“佳佳，你听我说……是我小心眼，我不该瞒着你，是我自作自受，我自找的，我承认，就像你介意周密，我也不希望你知道徐择一回国了，所以我才瞒着你……”

言蹊张张嘴想要提醒他，但是被沈岫栩拦了下来。言蹊望向他，沈岫栩满脸戏谑的表情，明显是在看好戏。言蹊心中默然，将伸到一半的手又收了回来。

说了半天，道了无数次歉后，何遇才发现不对劲——实在是太平静了……

“佳佳？”何遇试探性地叫了一声。

“展信佳”礼貌性地回了一句：“何先生。”

何遇顿时有一种天崩地裂的感觉。

第二十章
Chapter twenty

从你叫什么名字开始，
到后来有了一切。

“……之前撞见几次我还以为眼花了，今天总算是看了个明白。姑父你是没看见，就那男的手腕上那块手表，宝格丽月相啊！你不知道，那可是全球限量款啊！18K 玫瑰金表壳……还有那车，啧啧啧，S 级迈巴赫，低调的奢华，一看就是土豪！”三角眼侃侃不停，林父坐在沙发对面看着他口水直喷的模样，满头黑线，心里忍不住嘀咕：什么宝格丽、什么迈巴赫我确实不知道，倒是你心挺大的，甭管有没有钱，你又买不起还惦记得这么清楚……

好容易送走了这个不着调的侄子，林父关上门长出了一口气，走到沙发边又停下来沉思。

林母这时候才凑上来：“老头子，你说这仨儿说的是真的吗？”

林母刚才一直在厨房里忙，但是她可是听得真真的，小宋话里话外都透着一股子讨好，就差直接说：你家女儿傍上大款啦，以后可要多照顾照顾我们这些穷亲戚啊！

“别胡说八道，你侄子什么德行，你不知道啊！”林毓钟颇有些气不打一处来，明明二十七八岁的人了，整天游手好闲、好吃懒做就算了还喜欢到处惹事，三天两头打架斗殴，局子都数不清进过多少次，还有他那个女朋友，两个人不清不楚地就住在一起……

林父抿了口酒，看林母还在嘀嘀咕咕，突然凶道：“我跟你说，你可别给我打歪主意！”

林母闻言先是愣了一瞬，回过味来顿时火了。她把抹布一甩，叉着腰指着林父怒道：“林毓钟，你把我当什么了！是，我张素秀是喜欢贪点小便宜，但是卖女儿的事我干不出来！不止这样，她林言蹊要是真敢跟仨儿说的那样为了点什么和一个有小孩的男人不清不楚！我先打断她的腿！”

“嗨，我不是那个意思！”林父讪讪地挥手，“算我说错了，好不好？”

“不行，我得去外头等着，我倒要看看这到底是不是空穴来风……”说着，林母就气势汹汹地往外冲。

“哎，你这婆娘，我就是随口一说……这三更半夜的你去哪儿看啊！”

“你别拉着我！”

沈岫栩开着何遇的车将言蹊送到小区门口的时候，林父正和林母在小区门口推推搡搡争执不下，车灯在他们身上一晃而过。

言蹊一边打开车门，一边因为何遇不情不愿地将车钥匙交给沈岫栩，并被敲诈一笔高额修车费用，又担保会亲自送去别墅时咬牙切齿的模样好笑不已。沈岫栩看她高兴得眼睛都眯成一条缝，心里也像淌过一汪温热的泉水，他不由自主地在她下车的前一秒拉住她的手，快速地在她唇上吻了一下，正打算说些什么，就看到有个人影冲了过来。

言蹊还在神游，身后一声怒吼由远及近：“死丫头，你在做什么！”

言蹊脑袋轰地炸开，迅速甩开沈岫栩的手转身，看到果然是林母，颤声喊了一句：“妈……”沈岫栩听到这一声，也愣了。

“有什么话咱们回家说！”林父见林母火冒三丈的模样，连忙拉她，林母几次想上前都被他拉住，林母不停地挥开林父的手，“啧，你少啰嗦……林言蹊，你告诉我，你这是怎么回事！”林母抖着手指问言蹊，几乎是立马想起来上次不知是谁送的满屋子的花，还有言蹊前段时间半夜三更出门和回家越来越晚的事……心里对仨儿的话就信了三成！

沈岫栩怔了一下，反应过来立马跟着下了车。言蹊唯唯诺诺地站在原地，脸色一片惨白，林母的手在她胳膊上恨铁不成钢地揪了一把，沈岫栩立马心疼了，上前不着痕迹地将她拉到身后，在林母发难前先问好：“叔叔阿姨，晚上好。”

“你是谁？”林母语气不太好，上下审视他。

“我叫沈岫栩，是言蹊的男朋友！”说着规规矩矩鞠了个躬。

林母没来得及说话，林父先恍然大悟：“是你？”林父满脸疑惑地看向言蹊，“这不是你上司吗？”

“什么！”林母顿时炸了，猛地扑上去，骂骂咧咧着越过沈岫栩就要揍言蹊。沈岫栩有一种被雷劈到的感觉，电线杆似的站在原地，不敢还手，但是又怕言蹊真挨揍，挡在言蹊面前被扇了好几下。

“住手！”林父喝了一声，虎着脸教训，“闹什么闹，有什么话回家说！”

林父在倒水的间隙，朝客厅望了几眼。沈岫栩拘谨地坐在沙发上，但是身形笔直，白衬衫干净利落，只是因为刚才的混乱前襟起了些褶皱，见林父端着水走过来，他立刻站起来双手接过：“谢谢叔叔。”

“不客气。”

沈岫栩忧心忡忡地望着里间紧闭的房门，言蹊刚被林母拉进房里，不知道会不会挨揍……

“不用担心，她妈就是脾气急了点。”林父安抚道，就像应景一样，里屋传来林母尖锐的吼声，林父不由得讪笑两声。

沈岫栩抿了一口茶，润了一下因为紧张有些干涩的喉咙：“叔叔，我和林言蹊正在交往中，也希望能够得到您和阿姨的支持。”

言蹊好不容易顶着林母的盛怒解释清楚，然后经历了一轮关于沈岫栩的盘问。言蹊一个头两个大，不仅要应付母亲，还得竖起耳朵偷听门外的动静。

言蹊从屋里出来的时候，惊得眼珠差点脱出眼眶——林父正拉着沈岫栩欣赏他一酒柜的存酒！差点还喝上了！

“爸！爸！他喝不了酒！”言蹊赶紧挡了下来，强调，“不抽烟不喝酒！”沈岫栩看她煞有介事的模样，撑不住了，差点笑出来，瞥见一边林母恨铁不成钢的模样赶紧收敛。

林母阴阳怪气地讥讽道：“我跟你爸相亲那会儿，人家也说只喝一点小酒！结了婚之后我才明白过来，就数男人最会掉链子！一天到晚就知道显摆你那些酒，迟早有一天我要给你全卖咯！”林父一个劲地给林母使眼色，示意她少说两句，林母抱着手不情不愿道，“在外人面前给你留点面子！”

一句“外人”令言蹊变了脸色，林母明显还没打算这么轻易接受他。沈岫栩倒是没什么多余的表情，言蹊看他不知道从哪里掏出来一个牛皮纸信封，一举一动都那么得体：“叔叔阿姨，这是两张为期三个月的世界巡游套票，里面有经理人的电话，只要跟他联系，他会负责一切事宜！”

“这……”林父明显回不过味来，林母倒是很有兴趣地发问了：“世界巡游？出国吗？出国不是要办什么证件？得要不少钱吧！是跟团吗？……”

沈岫栩一一耐心地答了：“是的，途径土耳其、埃及、摩洛哥、美国等许多国家。当然如果您二老有想去的地方可以随时更改路线，会有翻译全程跟随打理事宜，下榻的酒店也完全不用担心，这些都是套餐包含的内容……”言蹊和林父在林母和沈岫栩和谐的一问一答过程中大眼瞪小眼。

言蹊有一种不真实感，此刻的沈岫栩就像是一个资深的旅游公司高级销售，事无巨细，无所不通！

……

良久，林父才有机会插进去话：“这个我们不能收，太贵重了……”林母想说话，被林父一瞪，虽然闭上了嘴，但是脸上明晃晃的都是不舍。

林母一边骂骂咧咧，一边捶着林父的背：“娶我那会儿说好的一年去旅游一次！小花园逛一圈就算旅游了，到市区都算是长途，我真是信了你的邪！上周隔壁老王他媳妇，跟着什么夕阳红旅行团去了泰国，你就说我七老八十之前还能不能出趟省！”林母委委屈屈地抱胸坐在沙发上，显然不打算再轻易放过林父。

“叔叔您就收下吧，言蹊也经常提起您二老喜欢旅游，所以我们俩才偷偷安排的，也是言蹊的一点心意，而且这是概不退换的……”沈岫栩脸上适时显露出一丝为难，向言蹊投过去一个眼神。言蹊反应有些迟钝，先是在怀疑，自己有这么说过吗？然后才想起林母确实有一次在电话里跟她抱怨过没赶上旅行团的事，当时沈岫栩也在旁边，但是他不是在看新闻吗！敢情他听了个一清二楚啊！

她恍恍惚惚被沈岫栩拖下水，后知后觉地跟着点头，想说点啥，但是完全张不开口啊！再看沈岫栩面带微笑侃侃而谈的模样，哪有平日里的冷言冷语！沈岫栩察觉到她的视线，分神看她一眼，心中好笑，骨节分明的手在她头顶宠溺地揉了一下，好像在说，放心，一切有我。

一晃眼，他又扭头继续笑着“劝”林父，整个一个进退有度三好青年！

但是他此刻在言蹊心中，分明是一只大尾巴狼啊！

言蹊头重脚轻地送沈岫栩出门的时候，林母还煞有介事地叮嘱言蹊：“你送送小沈，这一片比较黑，他不认路！”

言蹊惊呆了，论晚上不认路谁也比不过她林言蹊吧！

“不用了伯母，我记得路，现在太晚了我不放心言蹊的安全。”沈岫栩此言又得到林母赞赏地点头，颇有丈母娘看女婿越看越满意的意思。

沈岫栩看言蹊脸上有一种憋着什么话不知该不该说的表情，问：“怎么了？”

“我觉得我在做梦！”

沈岫栩：“……”

“你什么时候准备的这些啊？”言蹊问。

沈岫栩看她的眼神有些高深莫测，直到走到楼下才伸开双臂将她抱进怀里，低沉的声线就像缓缓淌着音符的大提琴：“你迟早会知道，从你在我心里的那一刻开始，我就时刻准备着如何和你共度余生了。”

言蹊上楼的时候飘飘然地想：这就见完父母了？下一步呢？好快啊！为什么我都没反应过来？还有刚才那句话……他到底是什么意思啊？

言蹊一边胡思乱想，一边神不守舍地上楼，关上房门，低头换鞋的空当，林父从卧室出来："回来了啊。"一边说一边向沙发迈步。

“爸！”言蹊一惊一乍，浑身充满戒备！这个时候她不敢有一刻放松，挪着步子在林父对面坐下。

“就是他了？”林父突然开口，抬头定定望向她，言蹊顿时有种芒刺在背的感觉。

现在可不是能随便糊弄过去了！言蹊心里拿不定主意：“爸，你当初是怎么确定就是我妈的呢？”

林毓钟祖上是书香世家，即使家道没落了，但是他也是饱读诗书的；而林母呢，实在是一个很实在的市井小民，没什么文化，斤斤计较，心心念念的都是些家长里短、鸡毛蒜皮的事情。他们两个人，就像林父的白色对襟短褂和林母的花外套放在一起一样格格不入。

林父怔了一下，他没想到自己的女儿也会问这个问题，呵呵笑出声来：“你妈妈她，很会把她自己变成我的全部。”林父说着说着眼神和言蹊渐渐错开，像是在回忆，“她会用细细碎碎的话侵占我的耳朵、会用我最喜欢的口味征服我的胃，久而久之我会不由自主地依赖上她，离开她我就觉得无所适从……很明显的，天冷时担忧他穿得不够厚，在饥饿时想到也许他也没有吃饭，在看到好风景时，希望能够和他共享此刻。你会在领略每时每刻的喜怒哀乐时都感同身受地想到他，这就是全部。”

言蹊认真地听着，愣愣想起沈岫栩说过的“多依赖我一点，让我变成你的全部”似乎也是这个意思。

林父的语调里有一种岁月沉淀下的淡定，悠长绵久：“过得越久，你会发现，什么天崩地裂的爱情，爱不在嘴上、不在冲动的荷尔蒙迸发的瞬间，而在于细节、在于生活。可能是你口渴时一杯温度适宜的水，下雨时偏向你的雨伞，胃疼时递给你热汤时叮嘱你小心烫。这些永远都比海誓山盟来得实在。这一点是你的妈妈教我的。

“你身边的人是否适合你、他是否值得你携手一生，最重要的是，有时候不是你们之间认识了多久、不是说过多少甜言蜜语，不是某一瞬间他让你有多感动，是你能不能够成为他的全部。不管你们曾经爱得有多轰轰烈烈，最终都将归于平淡。在这细水长流的日子里，你是否踏实、是否经得住柴米油盐的洗涤、是否守得住长久，那才是这辈子你有没有找错人，最终的答案。”

言蹊不由得打量眼前这个一向温厚的父亲，从小到大，林父从来没有一次对她说过这么多的话。

林父也在注视着她，见她发呆，手不由自主地抚上她的前额，这个女儿从小就很懂事，懂事得让他有些心疼：“看得出来小沈是个好孩子，既然你决定是他，那么爸爸能告诉你的只有一句，拥有一个苹果和拥有两个苹果的人，最本质的差别不是数量的多少，是愿意给对方几个。你呢，不要总挂心着你们之间的差距，愿意付出的心，才是最实在的幸福。”

他已经有些浑浊的眼睛一瞬不瞬地望向这个已经要独自去面对人生的女儿，一时唏嘘，想起她还只有团子大的时候，牵在手心里都害怕自己粗糙的皮肤会伤到她，抱在怀里也是僵硬着四肢小心翼翼，时间过得可真快啊！

林父控制不住心底的涩意，咳了几声压住泛起来的情绪，他的眼底有压抑不住的浓浓深情和言语无法表达的笨拙，半天只憋出一句：“有生之年你能够平安顺遂，这是爸爸唯一的愿望……爸爸，希望你能幸福……”

林父的话说得磕磕绊绊，却让林言蹊的泪水汹涌而至，迅速划过她的脸庞。林父立刻想要帮她擦去，皲裂成树皮一样的手指映在她白皙的脸颊上，对比非常强烈。林父的手顿住了，正要收回去，言蹊双手立马抓住它，感受着手心的粗糙，将它盖在脸上。

“爸爸……”

很多时候，言蹊有着和父亲如出一辙的笨拙，不擅长表达感情。当她看向日渐老迈的林父，话就像哽在喉咙里，让她的心脏觉得难受。

那天晚上，言蹊一夜好梦。

梦里正是春天，花园里种下的花都盛开了。沈岫栩背对着她坐在紫藤树下，低醇的嗓音缓缓地念着那个熟悉的童话故事。

似有所觉，他转过身，脸上是足以倾倒众生的微笑："你来了，我的骑士。"

那一瞬，言蹊的心陡然漏跳了一拍……

林母路过言蹊的房间悄声推开门，走到床边，轻手轻脚地将言蹊踢开的被角一点点给她掖好，正要出去，听到她不清不楚地说着梦话，你才是我的骑士……

林母会心一笑，慈爱地将粘在她脸颊上的头发拂开，转身出了房间。

沈家画室。

沈岫栩坐在高脚凳上，面前立着言蹊的肖像画，他眼睛一瞬不瞬地看向她的笑容，嘴角有自己都意识不到的温柔。

他手执钢笔，在手中的《梵·高画册》的衬页上写下这样耳熟能详的一段话：

每个人的心里都有一团火，路过的人只能看到烟。

但是总有那么一个人能看到这火，然后走过来陪我一起。

我在人群中看到了她的火，我快步走过去，生怕慢一点她就会被湮没在岁月的尘埃里。

我带着我的热情、冷漠、狂暴、温和，以及对爱情毫无理由的相信，走得上气不接下气。

我结结巴巴地对她说：“你叫什么名字？”

“从你叫什么名字开始，到后来有了一切。”沈岫栩喃喃。

这个世界上，大抵真有这样一个人，上天赋予你们一个偶然的相遇后披荆斩棘地走到你面前，满身赤诚。然后，让你拥有力量，改写你的孤独，空荡荡的心也拥有重新去缔造的力量。

你在心底默念着她的名字，就能够忘掉往日的苦痛，然后勇往直前。

别墅就像是中古世纪傲然伫立在荒野上的城堡，寂静而沉默地守候。沈岫栩在这冷硬的建筑里，双手按在胸上，怦怦的心跳声让这绵长而寒冷的夜，生出一丝温柔缱绻。

——END——

番外一

Extra one

我的意中人，
他带着世界上最美的银河，
向我求婚。

何遇最近很苦，自从那天晚上之后，展信佳就开启了人间蒸发的模式，就连林言蹊都找不到她。

何遇将沈岫栩低调奢华的迈巴赫送回沈家车库，借着“展信佳”睹物思人，并且模拟了无数次认“罪”现场！

林父林母已经开始浩浩荡荡的世界巡游，并且林言蹊发现，林母养成了一个奇怪的嗜好，缘于林言蹊收到的一个奇怪的包裹。

“这个是什么？”何遇将下巴搁在膝盖上，拎起纸箱里揪成一团的浅粉色布料，上面还缀着亮晶晶的碎片和圆珠。

“大概是……桌布？窗帘？床单？”言蹊蹲在纸箱边，也十分不解。

“你大脑退化到白垩纪了吗？你家用这种颜色的布做桌布？”

何遇毫不留情地鄙视她。

“……”言蹊想说，如果按照林母的性格，很有可能！

沈岫栩从实验室出来，就看到地面上的两人，额角抑制不住地跳动。

自从何遇跑到沈家蹭吃蹭喝开始，沈岫栩的脾气呈直线下降，他觉得自己就像是在家里养了两个傻儿子！

殊不知，每当言蹊冷眼旁观他俩因为一点小事吵成一团时，也隐隐有这种感觉。

PAN的视线在包裹上扫视几秒，给出了答案：“是卡拉西丽丝，埃及的传统服饰。”

言蹊更加莫名其妙了，买这个干吗？这是买给自己的？这怎么穿得出去啊！

“试试嘛！”何遇不怀好意地撺掇，抓起一块头巾就要往她头上套。

“你走开！”言蹊严词拒绝！两相推搡之下，“刺啦——”一声，头巾被撕扯成两半！两只蠢萌大眼瞪小眼，半晌无语。

此时林母的电话正好打进来，简直是平地一声雷，言蹊忙不迭地将破头巾塞在最下面！

“妈……”言蹊挤出向日葵一样灿烂的笑容。

“哎，我寄给你的包裹收到了吗？”

“啊，到了……”

“这么快啊，导游小帅哥果然没骗人！到了就好，你给我收好啊，等我回国了，我就穿去给那几个老家伙看看，省得他们老说我吹牛。好了，我不跟你说了，我要出门了，今天要去一座什么城堡，我挂了啊……嘟嘟嘟……”

言蹊拿着手机静默在原地，她脑子乱成一团，甚至分不清撕坏了头巾和林母要穿着这样一件衣服去街坊邻居面前显摆，究竟哪一件事更糟糕？

何遇在一边听得一清二楚，灰溜溜地站起来想要逃离现场。

“你给我站住！”言蹊怒喝，将手边的抱枕砸向何遇，“你说怎么办啊？”

……

两个半月后，展信佳终于回来了。据她所说她跑去西藏的布达拉宫朝圣，在神圣的气息笼罩之下，她已经彻底顿悟……

其实她的原话是这样的：“何遇那个浑蛋，都是那个该死的家伙，我才会想去散心，不去散心我就不会把手机丢了，不丢手机我就不会像现在这样狼狈，你看看我整整晒黑了一圈啊！擦多少美白霜、敷多少面膜才能白回来啊！他千万别来找我和好，否则我让他知道什么叫悔不该当初！”

得知这个消息，何遇黑着脸在沙发上冷静了半个小时，然后冲进了沈岫栩的实验室。言蹊对他明知山有虎偏向虎山行的精神表示高度敬佩！

第二天，何遇用一顿高级餐厅的双人套餐收买了言蹊做内应——将展信佳骗出来。

展信佳因为晒黑只愿意在晚上出门，何遇得知这一说法，更高兴了。

当天晚上，熙熙攘攘的中心公园。

“心情有没有好一点？”言蹊问。

“好啊，好极了。”展信佳虽然这么说，但是她却频频查看手机，屏幕上是他们三个人的照片。

言蹊目不斜视，心中好笑，她知道展信佳是一个很念旧情的人，嘴上说得比谁都厉害，心却软极了。

“嘿，看天上！”不知是谁先注意到天空上的异样，言蹊抬头，看到远处像星星一样的亮光向这边靠近。她用手肘杵了杵展信佳，天空上的点点光亮慢慢地变换成一个英文单词——sorry（对不起）。

字形渐渐地散开，然后慢慢变成了——Please marry me，ZXJ（请嫁给我吧，展信佳）。

等到亮光逐渐散开，何遇慢慢从人群中走出来，怀抱着一束绽放得绚烂的玫瑰花，一步步走向已经愣怔的展信佳……

四周的人群一片哗然：“天哪！好浪漫啊！”

“哇，要是有人这么跟我求婚，我绝对答应了啊！”

……

沈岫栩坐在车里，眼睁睁看着自己耗费几个月时间做出来的一批无人机被何遇抢占先机，脸都黑了。看着不远处正愣愣盯着天上看的言蹊，皱了眉头，他在平板上来回点了几下，就看到天上的无人机列队再次发生了变化。

“Will you do me the honor of being my wife？（我是否有此荣幸娶你为妻？）”就像是有人用流光溢彩的星光在天空中书写，流畅无比的花体英文排成一列奔向言蹊，大家这才发现那是无数台带着 LED 灯的小型无人机！

就像是两条光带慢慢铺出一条路，言蹊站在一头瞬间震惊了，比她更惊恐的还有何遇！

就在此时，沈岫栩慢慢从车上下来，向言蹊款款走来。

那是什么样的感觉，你爱的人一步步走向你，稳健有力，言蹊觉得自己的眼睛都无法从沈岫栩身上移开——他就是光。

沈岫栩走到言蹊面前，见她还是定定望着自己，因为仰着头嘴巴微微张开，表情有些傻乎乎的:“看傻了？”手指抬了下她的下巴。

言蹊下意识点头，沈岫栩笑着牵起她的手：“言蹊，不要害怕碰到我的底线，从今往后，你碰到一尺，我挪低一尺；你碰到一寸，我挪低一寸。”

“答应我，我保证，这辈子不会辞退你。”她还是呆呆的，沈岫栩很有耐心，“所以，你的答案呢？”

谁都没想到，会见证两场求婚现场，人群开始沸腾——零星几声“答应他”这样的呼唤渐渐汇聚成整齐响亮的口号。

言蹊的脑子里就像是炸开一朵烟花，理智全都成了零星的碎片。她点头，沈岫栩的五官在暖色的光亮中显得那么柔和，他的眼睛就像是闪烁着银河的夜空。

相比起来，沈岫栩的求婚就像是 2.0 升级版，何遇看着展信佳睨视自己的眼神，感觉事情要变糟！

而沈岫栩在言蹊点头后，突然拉起她的手向人群外走去。

“我们去哪儿？”言蹊一个踉跄。

“去买戒指！”

……

时间的长河里，两个人相视一笑的面孔上满溢的是对彼此的珍视，就像是那句看起来有些荒诞的电影台词：我的意中人，会脚踏五彩祥云来娶我。

言蹊想，我的意中人，他带着世界上最美的银河，向我求婚。

对了，后来何遇怎么样了呢？

那就是另一个故事了。

番外二

Extra two

对于错过的那些珍贵，
曾经的她有多么漫不经心。

有人说，人生的每一个阶段都有一个不得不停泊的中转站，你以为那是在为下一阶段充电，其实是为了让你回过头对已经流逝的做出思考。

就像是周密此刻站在人潮如水般流淌的候机厅里，电子荧幕上的航班消息不停地变换，耳朵里充斥着礼貌机械的广播声，她的心却突然静下来。

这段时间，她走遍了这个城市的每一个角落，期待一场不期而遇，但是……

“失去缘分的人，哪怕在同一个城市，也不太有碰上面的机会，不是吗？”周密歪着脑袋看一眼徐择一，自嘲地笑了。

“每个人都有应该属于他的生活，我们只是过客……都过去了……”徐择一瘦骨嶙峋的双手搁在膝盖的薄毯上，虚弱地笑了。

周密向身后望了最后一眼，半晌之后，垂下头，从脑后滑落的长发遮住她的面容。

大概是因为知道卑微的可怕，所以才竭力向上爬。她渴望的爱情始终是双方站在同一水平线上势均力敌，而不是弱势一方强仰着脖子的可望而不可即。

但是她忘了，当得到许多的时候人是会回头的，那时才能发现，最想要的东西，总在不恰当的时间里，已经悄然出现过。

比如年幼的你，对于花花世界完全没有抵抗力，它迷住你所有的视线，让你奋力追逐；比如当你终于拨开重重迷雾，你却懊悔，惋惜这一路上没有来得及好好看一眼的风景。

然而，人生就像个一次性的程序，没有重新开始的机会，勉强找回的不过是一抹残影，而以爱之名掩盖的私心，在挖空心思的蝇营狗苟之后，终将土崩瓦解。

当清晰地认识到这一点，周密终于明白，对于错过的那些珍贵，曾经的她有多么漫不经心。

几分钟之后，周密终于仰起头，握上轮椅的把手：“我们走吧。”她的声音很轻，走向登机口的步伐很稳。

悠长的金色阳光拖长了影子，徐择一的双眼始终胶着在玻璃幕墙后层层叠叠的云端，飘飘荡荡地远去，他好像闻到了清新的青草香……

那天的风带着柔柔的水汽，草皮挠得他的脖颈有些痒痒的，他稍稍偏过头就能看到她映着蓝天白云的侧脸。展信佳一向是聒噪的，很少有这样安宁的时候，徐择一暗想，充盈着新鲜而旷远的空气从鼻腔灌进胸口，他沉迷得一塌糊涂。

展信佳闭着眼睛，忽然启唇道："你说，以后我们要结婚的时候，就选这样的天气吧。就在郊区的草地上，有白玫瑰扎成的拱门，蓝天、白云、微风，不要有太多人，不要喧哗的音乐……"她接着又幻想了很多种场景，从某部电影里盛大的森林里匍匐的花架，到卡帕多西亚峡谷上高低错落的热气球、清澈海洋里浮动的光斑和漂亮鱼群……

"那我要好好努力才能达到你的要求了。"徐择一懒洋洋地戏谑道。

展信佳闭着眼，眉头似微微蹙了一下："其实……最开始在草地上的婚礼也挺好的！"

徐择一撑不住地笑了，靠在球门的白色栏杆上取笑："为什么啊？波特兰瀑布、卡帕多西亚峡谷、科纳海湾、怀托莫溶洞都不要了？"其实当时徐择一说这些话多少含着些捉弄她的意思，他想的是，将来的某一天他一定会带着她去到每一个想要去到的地方，反正他们的时间还有很长……

展信佳闻言有些恼了：“不要了！万一你娶不起我怎么办！”

徐择一乐了，正打算再调侃她几句，就听到她说：“不管怎么样，你在我身边就好了。”涨得通红的脸上一派认真的神色。

徐择一眼神闪烁，心随着回忆一次又一次地沉底，直到攥成拳的手掌硌得他嶙峋的大腿有些痛，还不愿意漂浮上来。

他忍不住想，那好像已经是很遥远的事了……

通向沈岫栩家的公路旁，展信佳跷着二郎腿坐在花田边的小田埂上，撑着下巴，眼睛跟着空中拖着长长的尾巴的飞机冲上云霄。直到脖子都有些酸痛，她才低下头开始撩拨言蹊：“蹊蹊啊，你现在是打算返璞归真回归田园生活了吗？”

“瞎说什么！过来搭把手啊！”言蹊正在给一株紫藤固苗，眼神都没有分给她。言蹊被展信佳强行拉着入股，两人合伙在市中心开了一家花店，按她的说法是给无聊的生活找点乐子，由于最近还在装修，百无聊赖地拉她来修理“后备花田”。言蹊咬牙切齿地看着她在那儿发呆，现在又觍着脸喊无聊！

“你要是无聊，去屋里找何遇玩去！”言蹊朝沈岫栩的别墅扬扬下巴戏谑道。话说上次何遇求婚之后，展信佳罗列出一大串的结婚计划为难他，何遇被折腾得苦不堪言就罢了，偏偏展信佳还没消气。

果然，展信佳一听到何遇的名字，立马变了脸色，夹杂着一丝别扭的恼怒：“我才不去！”

言蹊好笑地撇头，放下手中的工具，拉着展信佳的手："是我想去好了吧！"

"那我就勉强去吧！"

言蹊和展信佳回到别墅时，沈岫栩眯着眼捏着一张信纸。

当你看到这封信时，我应该已经在北太平洋的上空了。

或许你已经猜到我写这封信的目的，毕竟你始终对我有敌意，而且世事没有完全不露痕迹一说。

所以，我终于要向你承认我当初犯下的过错，十六年前你母亲的车祸中的确有一个目击证人，就是我。我不会狡辩，实事求是地说当时的我的确据理力争，对方律师以"证人年幼，不能辨别是非、不能正确表达，不能做证人"为由质疑我的证词准确性……后来他们提出送我去国外留学让我销声匿迹……

诚然，那次妥协是我这辈子最后悔的事情，也不光彩。

我在心理学上的天分并不高，很多人都问过我为什么选择这门学科，我知道，这是在赎罪。

我没有资格乞求谁的原谅，也不会那么做。因为我需要带着这份歉疚一直生活下去，是鞭策也是动力。

唯一的安慰是，你的心理病症日渐好转，我总算是没有辜负你母亲对我的帮助。

还有，当年你的母亲费尽心思不希望落入对方手中的东西，她拜托我务必保管好，现在到我把它还给你的时候了。

赵则

沈岫栩靠坐在后院的白色太阳伞下，余光瞥见蹑手蹑脚进门的人影，将信随手夹进圆桌上的书里，朝踮着脚走向客厅的言蹊招招手：“过来。”

言蹊老老实实走过去，沈岫栩一只手拿起桌面上的冷饮，贴上言蹊晒得有些绯红的脸颊，另一只手的大拇指慢慢擦去额头上的薄汗，训道：“到处乱跑什么，这么大屋子关不住你是吧？之前是谁说要把我的花园里种满花的？嗯？婚也求了，我的地位就低了？就破罐子破摔了？”带着质问的温柔话语娓娓道来，让言蹊招架不住，丝丝凉气压下脸颊上的灼热，近在咫尺的那张带着浅笑的脸，一如既往地让她的心脏不自觉地跳得欢腾。

展信佳看得牙都酸了，恨恨睨了眼何遇，踹上去：“看看人家！”

何遇：……

傍晚，太阳的余晖透过窗帘照进卧室，单人沙发上，沈岫栩捏了捏手心的 U 盘。赵则随信留下的 U 盘里保存着几十段剪辑录像，囊括他父亲沈秉衡所有研究的记录，还有闲暇时对着镜头的自言自语；一个研究员毕生的心血，一个父亲对儿子的歉疚、展望与期待，在十七年后的今天，姗姗来迟。

他走到窗边拉开窗帘，望向花园，原本正和两人笑闹的林言蹊似有所觉，慢慢转过身，与他视线相会的一瞬间下意识牵唇笑开，眼睛眯成细细的一道缝，朝他挥着手……

言蹊的身影渐渐远去，沈岫栩遥遥望向远处明暗交界处闪烁着微光的星子，就好像多次在梦中徘徊的殷切关怀的眼神。他眸光闪烁，心里有个声音坚定不移：你们放心，有她在，一切都会好起来。

夜风拂过墨色的树梢，风中好像有人在浅唱轻吟，竖起耳朵倾听又有些不真切。那天晚上的梦里，脑海中总有一个带着笑意的声音温柔地喃喃：从此以后，小王子和他的骑士公主过上了幸福快乐的生活……

纱织的月光下，蜷缩在薄被中的人，薄唇轻轻勾出一丝笑意。

从此以后，岁月静好，逶迤清欢。

图书在版编目（C I P）数据

糟糕！是心动的感觉 / 南风北至著. -- 贵阳：贵州人民出版社, 2019.1（2021.4重印）
ISBN 978-7-221-15006-6

Ⅰ. ①糟… Ⅱ. ①南… Ⅲ. ①长篇小说－中国－当代
Ⅳ. ①I247.5

中国版本图书馆CIP数据核字(2019)第000350号

糟糕！是心动的感觉

南风北至 / 著

出版统筹：陈继光
选题策划：大鱼文化
责任编辑：唐　博
特约编辑：雪　人　娄　薇
装帧设计：刘　艳　西　楼
封面绘制：Lxm梅子
出版发行：贵州人民出版社（贵阳市观山湖区会展东路SOHO办公区A座
邮编：550081）
印　　刷：北京时尚印佳彩色印刷有限公司
开　　本：880×1230毫米 1/32
字　　数：186千字
印　　张：9.125
版　　次：2019年1月第1版
印　　次：2019年1月第1次印刷　2021年4月第2次印刷
书　　号：ISBN 978-7-221-15006-6
定　　价：45.80元

贵州人民出版社微信

版权所有 盗版必究。举报电话：策划部0851-86828640
本书如有印装问题，请与印刷厂联系调换。联系电话：0731-82755298